정선 아라리

정선 아라리

사과
꽃

이중섭
세 사람

차례

정선 아라리

1. 눈이 올라나 비가 올라나 억수장마 질라나
만수산 검은 구름이 막 모여든다.

2. 명사십리가 아니라면은 해당화는 왜 피며
모춘삼월暮春三月이 아니라면은 두견새는 왜 울어

3. 강초일일江草日日에 환수생喚愁生하니
강물만 푸르러도 고향 생각나네

4. 무협巫峽이 냉냉하여 비세정非世情하니
인생차세人生此世에 무엇을 하나

5. 강산고택에 공문조公文藻하거든
운우황대雲雨荒台에 기몽사幾夢思라던가

6. 야월삼경夜月三更에 저 두견杜鵑아
촉국흥망蜀國興亡이 어제와 오늘에 아니거든
어찌하여 저다지 슬피우나

7. 금준미주金樽美酒는 천인千人의 혈혈血이요
옥반가효玉盤佳肴는 만성고萬姓膏라

8. 촉루낙시燭淚落時에 민루낙民淚落이요
가성고처歌聲高處는 원성고怨聲高라

아침 저녁 돌아가는 구름은 산끝에서 자는데
예와 이제 흐르는 물은 돌부리에서만 운다

9. 석새배 곤방 치마를 입었을망정
네까짓 하이칼라는 눈밑으로 돈다.

10. 금도 싫고 은도 싫고 문전옥답門前沃畓 내 다 싫어
만주벌판 신경新京뜻을 우리 조선 주게

11. 대관령 국수 성황님 절이나 믿고 사시지
정선읍내야 우리들은야 나라님 믿고 삽시다.

12. 앞 남산南山의 저 두견새는
고국故國을 못가서 불여귀不如歸를 부른다

13. 앞 남산의 뻐꾸기는 초성도 좋다
세 살 때 듣던 목소리 변치도 않았네

14. 삼십육 년간 피지 못하던 무궁화無窮花꽃은
을유년乙酉年 팔월 십오일에 만발하였네

15. 사발그릇이 깨어지며는 두세 쪽이 나는데
삼팔선이 깨어지며는 한덩어리로 뭉친다.

16. 이북산以北山 붉은 꽃은 낙화만 되어라
우리 조선 무궁화가 경소생更蘇生했다

17. 앞 남산의 호랑나비는 왕거미줄이 원수요
시방시체 청년들은 삼팔선이 원수라

18. 공동묘지의 쇠스랑 귀신아 무얼 먹고 사느냐
이북以北의 김일성金日成이는 왜 안 잡아 가나

19. 국태민안國泰民安 시화년풍은 우리 땅에 왔건만
불공대천지不共戴天地 원수는 공산당이로다

20. 세상천지에 만물지법萬物之法은 다 잘
마련했건만
존비귀천尊卑貴賤은 왜 마련했나

21. 조선팔도의 만물지법萬物之法은 다 잘
마련했건만
청춘과부 수절법은야 누가 마련했나

22. 동지 섣달 문풍지는 닐리리만 부는데
정선읍내 병사가리는 청년들만 찾네

23. 한짝 다리를 덜렁 들어서 부산 연락선에 얹고서

고향 산천을 되돌아보니 눈물이 뱅뱅 돈다

24. 만첩산중萬疊山中에 호랑나비는 말거무줄이
원수요
　지금 시대 청년들은 삼팔선이 원수다

25. 일년일도一年一度에 피는 감자꽃도
삼재팔난三災八難을 적는데
　우리 젊은 몸 멀로 생겨 만고풍상萬古風霜 다 적나

　앞남산의 뻐꾸기는 초성도 좋다
　세 살 때 목소리 변치도 않았네

26. 이웃집은 다문다문 산山은야 울우리 창창하니
　산수 좋고 인심 좋아서 무릉도원일세

27. 만첩산중에 들새들은 숲에서나 우는데
　달이야 밝거들랑 배 띄워 놓고서 놉시다

28. 정선의 구명舊名은 무릉도원아니냐
　무릉도원은 어데가고서 산山만 충충하네

29. 일 강릉이 춘천 삼 원주原州라 하여도
　놀기 좋고 살기 좋은 곳은 동면 화암東面 畵巖이로다

30. 아질아질 성마령星摩嶺 야속하다 관음베루
지옥같은 정선읍내 십년간들 어이 가리

31. 아질아질 꽃베루 지루하다 성마령
지옥같은 이 정선을 누굴 따라 나 여기 왔나

32. 맨드라미 줄봉숭아는 토담이 붉어 좋고요
앞 남산 철쭉꽃은 강산이 붉어 좋다

33. 정선같이 놀기 좋은 곳 한번 오세요
검은산 물밑이라도 해당화海棠花가 핍니다

34. 나물바구니 둘러 메고 동산 나물을 가니
동삼冬三에 쌓였던 마음이 다 풀리는구나

35. 봄철인지 갈철인지 나는 몰랐더니
뒷동산 행화춘절杏花春節이 날 알려주네

36. 일락서산日落西山에 해 떨어지고
월출동령月出東嶺에 달이 솟았네

37. 창밖에 오는 비는 구성지게 오잔나
비끝에 돋는 달은 유정有情도나 하구나

38. 이철인지 저철인지 나는 몰랐더니
얼었다 살짝 녹으니 봄철이로구나

39. 앞 남산 적설이 다진토록 봄소식을 몰랐더니
비봉산 행화춘절杏花春節이 날 알려주네

40. 저 건너 저 산이 계룡산이 아니냐
오동지 섣달에도 진달래가 핀다

41. 정선 사십리 발구럭 십리에 삼산三山 한치인데
의병난리가 났을 때도 피난지로다

42. 강원도 금강산 제일가는 소나무
경복궁 대들보로 다 나가네

43. 정선앞 한강수漢江水는 소리 없이 흐르고
옛 조상 옛 시詩는 변함이 없다.

44. 만첩산중에 썩 들어가니
두견새 접동새가 스슭이만 운다

45. 앞 남산 불 뻥대 끝에는 솔개미 한쌍이 돌고
늘어진 나뭇가지엔 꾀꼬리 한쌍이 돈다

46. 앞 남산의 참매미는 초성도 좋다
하시夏時 장철 울고 울어도 변치를 않았네

47. 동백나무 상가지야 내연설을 들어라
날 상봉 하려거던 자잠뿍이나 열게

48. 앞 남산 참뻐꾸기는 초성도 좋다
세 살 때 들던 목소리 변치도 않았네

49. 춘삼월春三月에 피는 꽃은 할미꽃이 아니요
동면산천東面山川 돌산바위에 진달래 핀다

50. 둥둥에 잿마루에 신배나무 심어서
오시는 님 가시는 님의 정자나무 합시다

51. 비행기飛行機재 말랑이 자물쇠 형국인지
한번만 넘어오시면 넘어갈 줄 몰라요

52. 솔보둑이 쓸만 한 것은 전봇대로 나가고
논밭전지 쓸만한 것은 신작로新作路로 나가네

53. 고향을 등진 지 이십여 년인데
살기 좋고 인심 좋아서 나는 못가겠네

54. 영월은 덥보가 있어도 어름만 어는데
정선 동면東面은 약수藥水가 있어도 사람만 죽나요

55. 조제임하鳥啼林下에 루난간淚難看은
그대가 못봐서 원한이로구나

56. 화소헌전花笑軒前에 성미청聲未聽은
음성조차 돈절頓絶이라네

57. 아우라지 뱃사공아 배 좀 건너 주게
싸리골 올동백이 다 떨어진다.

58. 떨어진 동박은 낙엽에나 쌓이지
사시장철(잠시잠간) 임 그리워서 나는 못살겠네

59. 개구리란놈이 뛰는 것은 멀리 가자는 뜻이요
이내 몸이 웃는 뜻은 정들자는 뜻이네

60. 올라오셨소 내려오셨소 인사를 말고
행주치마를 감쳐물고서 입만 방긋하네

61. 왜 생겼나 왜 생겼나 네가 왜 생겼나
남의 눈에 꽃이 되도록 네가 왜 생겼나

62. 알록달록에 잣모비개는 밤마다 비것만
정드신 님 기나긴 팔을 언제나 비나

63. 삼수갑산에 물각유주物各有主는 임자가 있건만
이구십팔二九十八 여자 몸으로 왜 임자가 없나

64. 마당 아랫가 댑싸리 삼형제 절대 비지 말아라
올라갔다가 내려올 적에 임 상봉하네

65. 우리 조선朝鮮이 잘될라고서 나라님이 나시고
못난 여성 잘날라고 화장품이 생겼죠

66. 아이고야 어머니 큰일이 났소
조기를 씻는다는게 신짝을 씻었네

67. 수수쌀을 씻는 줄은 번연히나 알면서
무슨 쌀을 씻느냐고 왜 또 묻나

68. 정든 님이 오셨는데 수인사修人事를 못하고
행주치마 입에 물고서 눈으로만 반기네

69. 개구장 가의 거무노리는 무슨 죄를 지었나
큰애기 손길에 칼침을 맞네

70. 울 넘어 담 넘어 꼴비는 총각아
꼴춤을 계다 놓고 외 받아 먹게

71. 뒷집의 숫돌은 좋기도 좋다
큰애기 옆눈질에 낫날이 홀작 넘었네

72. 곤들래 맨들래 늘어진 골에 당신은 나물 뜯고
나는 꼴 비며 단둘이나 가자

73. 우리야 연애는 솔방울 연앤지
바람만 간시랑 불어도 똑 떨어진다

74. 멀구 다래를 딸려거든 청서듥으로 들고요.
이내 몸을 만날라거든 후원 별당으로 들게

75. 울 넘어 꼴 비는 저 총각
눈치가 있거들랑 떡 받아 먹게

76. 요놈의 총각아 젓눈질을 말아라
이빠진 남박에 돌 넘어간다

77. 날 따라오게 날만 따라 오게
잔솔밭 한중허리로 날 따라오게

78. 꽃을 보면은 곱기는 고운데
가지가 높아서 꺽지를 못하겠네

79. 머루 다래는 탐스럽게 열렸다만
우리의 키가 작아서 못 따먹겠네

80. 낚싯대를 딸딸 끌고서 개울가로 갈테니
싸리바구니 옆에 끼고서 뒤따라 오게

81. 요놈의 총각아 치마꼬리를 놓아라
당사실로 금친 치마 콩 뛰듯 한다

82. 요놈의 총각아 내 손목을 놓아라
물거품 같은 요내 손목이 얼그러진다

83. 고양산 말랑에 징 장구를 놓고서
처녀 총각 다 오라고 만리장단萬里長短을 울린다

84. 한 질 담 넘어 두 질 울 넘어 꼴 비는 저 총각
꼴 비기가 싫으시거든 내 옆으로나 오세요

85. 한 질 담 넘어 두 질 담 넘어 나물 뜯는 저 처녀
눈치가 있다면은야 이내 당자를 딸아라

86. 가진 종집깨 네발 셋경은 내가 사다 줄거니
    당신 이마 눈썹은야 곱게 길러 주게

87. 열두 칸 부수쌈지를 칸질러 놓고
    둘째 오래비 녹두방정에 다틀려 먹었네

88. 떳다 감은 눈은 정들자는 뜻이요
    깜었다 뜨는 것은야 날 오라는 뜻이라

89. 지게를 만들 때는 나무를 하자는 말이요
    총각색씨 걸어갈 때는 정들자는 말이다

90. 아주까리 동백아 열지를 말아라
    산골의 규중처녀閨中處女가 일손이 뜬다

91. 아주까리 산추 동박아 너 열지를 말아라
    산골의 큰애기가 줄남봉이 난다

92. 바람이 불라면 지화紙貨바람이 불고요
    풍년이 질라면은 인풍년人豐年이 들어라

93. 작년 같은 흉년에도 이 밥을 먹고 살았는데
    올해 같이 색씨 풍년에 장가 한번 못 가나

94. 낮으로 만나거던야 남 보듯이 하고요
밤으로 만나거던야 임 보듯이 하게

95. 가리왕산加里王山 줄밤나무야 가지나 직격
열어라
총각색씨를 볼라면은 가지나 직격 열어라

96. 총각색씨 놀던 자리는 기화자수건이 걸리고
껄껄새 두 마리가 장단을 친다.

97. 저 건너 까칠복상은 털 벗으면 곱고
중처녀 허리 맵시는 가늘어야 곱다

98. 공산명월空山明月에 비삼십은 끝발이 높아서
좋고요
열칠팔 세 먹은 색씨는 나이가 어려서 좋드라

99. 너가 먼저 살자고 내 손목을 잡았지
내가 먼저 살자고 계약에 도장을 찍었나

100. 몰운 동천 광산허가는 다달이 연연이 나는데
촌색씨 잠자리 허가는 왜 안나는가

101. 정선읍내 물레방아는 사시장철 물살을 안고

빙글뱅글 도는데
　　우리집의 서방님은 날안고 돌줄 왜 모르나

　102. 정선읍내야 백모래 자락에 비오나 마나
　어린가장 품안에 잠자나 마나

　103. 노랑두 머리에 파뿌리 상투를
　언제나 길러서 내 낭군 삼나

　104. 저것을 길렀다 낭군을 삼느니
　솔씨를 뿌렸다 정자亭子를 삼지

　105. 호랑계모 어린 신랑 날 가라고 하네
　삼베질삼 못 한다고 날 가라고 하네

　106. 오능촉하嗚綾蜀瑕 능라삼팔주綾羅三八綢로 날
감지 말고
　대장부 긴긴 팔로 날 감아주게

　107. 이칸 저칸 미닫이문에 보름달은 밝았는데
　우리집의 저 낭군은 어디로 돌아서 내 방에 오시나

　108. 마룻방 웃방 삼칸 툇마루 일월이 비치기 쉽지
　당신은 내방에 오기 천만 의외로다

109. 동박따라 간다고 동박꾼 동박꾼 하더니
동박나무 밑에서 시집갈 궁리만 하네

110. 이팔 십육二八 十六에 소녀 나이나 적소
남은야 우리 부모 동갑에 외손자를 보았네

111. 김도령 이도령이 다들 모였건만
마음가고 뜻가는 데는 단 한 곳뿐일세

112. 뒷집의 김도령이 떠다준 오복수 댕기가
고운때도 아니 묻어서 합사주 왔네

113. 노랑저고리 오실 앞에 줄줄이 맺힌 눈물이
뉘탓이냐 내탓이냐 중신애비 탓일세

114. 잘살고 못 사는 건 둘의 분복分福인데
중신애비 원망은 아예 하지 맙시다

115. 저건너 저묵밭은 작년에도 묵더니
올해도 날과같이 또 한해 묵네

116. 오라버니 장가는 명년에나 가시고
검둥 송아지 툭툭 팔아서 날 시집보내주

117. 노랑저고리 진분홍치마를 받고 싶어 받았나
우리집 부모님이야 말한 마디에 울며 불며 받았네

118. 노랑저고리 앞섶에다 계약서에 도장을 찍고서
말한 마디만 잘하면 백년언약을 한다네

119. 우리부모 나를 기를 때 금옥金玉같이 하더니
외딴골목 절벽 밑에나 왜 주었오

120. 술은 매일 장주長酒로 잡수시드래도
천금같은 부모혈육은 부디 조심하세요

121. 먹지못하는 술잔을 날 권하지 마시고
후원별당後苑別堂에 잠든 큰애기를 날 권해주게

122. 지꾸댕이 삼년에 장땡이 한 번을 못잡고
처가사리 삼년에 웃방잠 한잠을 못잤네

123. 오라버니 장가는 별반 늦지 않아요
내 시집 가기가 더욱 더 늦어만 가요

124. 탐화探花야 봉접蜂蝶아 네가 자랑 마라
낙화落花가 된다면 허사虛事가 된다

125. 영월寧越 청천에 딸주지 마세요
담배 순 치느라고 생골머리 앓네

126. 예수나 믿었더라면 천당天堂이나 갈걸
이웃 색씨 믿다보니는 임시 낭패 났네

127. 삼베질삼 무명 질삼을 주야장천晝夜長川하다가
족두리 쓰고야 시집 가기는 다 틀렸네

128. 오동梧桐나무야 자두나무야 너 잘 크거라
큰 애기 시집갈 때 오동장롱 짜주자

129. 우리 어머니 나를 길러서 한양서울 준댔죠
한양서울 못줄망정 골라 골라 주세요

130. 허공중천虛空中天에 달 뜬 것은 내 보기나 좋지
큰 애기 맘 들뜬 것은 참말 못보겠네

131. 첩첩산중의 참매미소리는 나 듣기나 좋지요
다 큰애기 한숨 소리는 정말 못듣겠네

132. 무주공산無主空山에 참매미 소리는 처량도 하고
나이찬 색씨 한숨소리는 영 듣기가 싫어

133. 산중에 귀물貴物은 고슴도치고요
인간의 귀물은 사위자식이라

134. 시집가고 장가가는데 홀기笏記는 왜 불러
둘이서 정만 깊으면 백년해로 하지

135. 산 설고 물도 선데 무엇하로 나 여기왔나
임자당신 하나만 바래서 나 여기 왔소

136. 산중에 소촐로 입맞부치기 좋은건 이 찹쌀에
감주요
초면 강산에 말부치기 좋은건 병모님의 딸이라

137. 마당 웃전에 수삼대궁이 늙고 늙더라도
우리집 낭군님은 본시 늙지를 마세요

139. 십오야十伍夜 밝은달은 운무중雲霧中에서 놀고
백옥白玉같은 우리님은 어데가서 노느냐

140. 우리님의 품안이야 얼마나 좋은지
밥먹다가 깜짝하여도 꿈에 선몽하네

141. 바람은 불수록 점점 추워져가고
정든님은 볼수록 정만 더 드네

142. 벼개가 높거덜렁 내팔을 비고
아슬아슬 춥거덜랑 내품안에 들어라

143. 산천의 칠구랭이는 온 산천을 덮는데
당신과 나 사이는 왜 이렇게도 무정無情해요

144. 당신이 죽고서 내가야 살면은 무슨 영화榮華를
보겠소
호박잎에 모인 이슬에 빠져나 죽자

145. 총각 낭군이 좋다고 즐겼더니만
따라가 보니는 가시와 눈물이여

146. 뒷동산 딱따구리는 아침 저녁으로 딱딱
울리는데
우리집의 쥔 양반은 왜 요다지도 저런가

147. 머루다래를 딸려거든 청서들그로 가시고
유정有情임을 만나실라면 한 이불속으로 오셔요

148. 저기에 앉은 저이는 우리님과 같은데
호박줄 넌출 넌출에 나는 못보겠네

149. 삼혼 칠백의 맑은 정신은 어디에다 두고서

문을 열고 나가는 임은 등신만이 나가네

150. 산이 높아야 골이 깊지 좁고
좁은 여자 소견所見이 깊을 수가 있나

151. 산차지 물차지는 나라님의 차지요
그대 당신 차지는 내 차지로다

152. 참배같이 연한몸에다 매를 대지 말고요
한파수에 한번씩만 날타일러 주소

153. 바늘 같이 약한 이몸에 매를 대지 마시고
사흘에 한 번씩만 날 타일러 주세요

154. 한치 뒷산의 곤드레 딱주기 임의 맛만 같다면
올 같은 흉년에도 봄 살아나지

155. 네 팔자나 내 팔자나 이불 담요 깔겠나
마틀마틀 장석자리에 깊은 정情들자

156. 앞남산의 실안개는 산허리로 돌고요
정든임 두팔은 내허리를 감는다

157. 공산명월空山明月 온달같이 희고 밝지 마시고

운무중의 반달같이 은은해 주게

158. 건너다가 보니는 도화桃花 꽃일러니
저테 온결야 보니는 우리님이 아니냐

159. 네가 죽던지 내가 죽던지 무슨 야단나야지
새로든 정분에 뼈골이 살짝 녹는다

160. 나뭇가지에 앉은 새는 바람이 불까 염려요
당신하고 나하고는 정 떨어질까 염럴세

161. 앞 남산의 청송아리가 변하면 변했지
당신하고 나하고는 변할 수가 있나

162. 동박 나무야 높은 가지를 휘어 줄거니
내옆에 있다가 당신이 따요

163. 너는 누구요 이내몸은 누군가
성만은 달랐지 한몸이로구나

164. 옥양목 중우 적삼은 첫물에나 좋고요
총각처녀 좋은 날은 첫날 밤이 좋구나

165. 이밥에 고기 반찬맛을 몰라 못 먹나

사절치기 강냉밥도 마음만 편하면 되잖소

166. 태산泰山이 무너져서 평지平地되기는 쉽지만
우리 둘의 깊은 정이야 변할 수가 있나

167. 시어머니 잔소리는 설비상 같고
우리님 잔소리는 꿀맛 같네

168. 십년 묵은 장독에 군불이 돌면 돌았지
너하고 나하고 맘 변할 수가 있나

169. 바닷물이야 쫘광꽝 쪼여서 소금물이 되면
되었지
우리 둘의 정분이야 변할 수가 있나

170. 우수야 경첩에 대동강이 풀리고
우리님의 말 한 마디에 이내 속이 풀리네

171. 우연히 싫더냐 남의 말을 들었나
당신은 날만 보며는 생째증을 내네

172. 밥먹기 싫은 것은 뒀다가나 먹지
임자 당신 싫은 것은 백년 원수로다

173. 앞날산 치암 절벽에 신작로도 닦는데
말잘하는 그대 당신은 왜 내속을 못딲나

174. 사구지 못할 낭군은 금전꾼 낭군
노다지만 캔다면은 간곳이 없구나

175. 니가 죽던지 내가 죽던지 무슨 야단 나야지
요렇게 매정스러워 살 수가 있나

176. 논두렁 밭두렁에 핀꽃도 꽃은 일반이요
오다 가다 만난임도 임은 임일세

177. 밥 한 냄비를 달달 볶아서 간난 아버지 드리고
간난이하고 나하고는 저녁 굶어 자자

178. 전보 줄이야 끊어진 것은 구리 철사로 나 잇지
우리 둘의 정 떨어진 것은 무엇으로 잇나

179. 네가 죽고서 내가 살며는 한오백년을 사나
한강수漢江水 깊은 물에 빠져서나 죽자

180. 서울에 종로 네거리 솥 때우는 아저씨
우리들의 정 떨어진 것은 왜 못 때워주나

181. 총각의 낭군이 하도 좋다 하기에
우리집의 영감 잡놈도 뒷머리를 땄네

182. 가리왕산 갈가마귀는 까왁까왁 짓는데
정든님 병환은 점점 깊어만 가네

183. 사절치기 강낭밥은 통로구에 오골반짝 끓는데
우리님은 어딜 갈라고 보선 신발하나

184. 영감아 꼭감아 말 잘들어라
보리방아 품팔아다 떡해다 줌세

185. 당신은 나를 알기를 흙싸리 껍질로 알아도
나는야 당신을 알기를 공산명월로 알아요

186. 앞 산의 살구꽃은 필락 말락 하는데
우리들의 정은야 들락 말락 하누나

187. 당신이 날 만치만 생각生覺을 한다면
오동지 섣달에도 진달래가 피지요

188. 앞 남산의 저 꾀꼬리는 음성도 좋다
우리 임의 음성과 비슷도 하네

189. 꽃본 나비야 물본 기러기 탐화봉접探花蜂蝶
아니냐
나비가 꽃을 보고서 그냥 갈 수 있나

190. 당신은 거기에 있고서 나는야 여기에 있어도
말한 마디 못 전하니 수천리數千里로 구나

191. 돌담넘어 밭한뙈기를 건너가면 되련만
얼키고 설키었으니 수천리 아니냐

192. 녹음방초綠陰芳草는 연연이나 오건만
한번가신 그대임은 왜 아니오시나

193. 울 한가지를 꺾으면 오신다더니
울 한폭을 다꺾어도 종문 소식일세

194. 공동묘지 장성백이야 말 좀 물어 봅시다
임 그리워 죽은 무덤이 몇몇이나 되드냐

195. 산천山川이 고와서 뒤돌아다 봤나
임자 당신이 보고 싶어서 뒤돌아 봤지

196. 담배 불이야 번득 번득에 임오시나 했더니
그놈의 개똥 불이야 나를 또 속였네

197. 꼴뚜바우 중석 허가는 다달이 연연이 나는데
처녀총각 잠자리 허가는 왜 아니 나나

198. 임자로 하여금 병든 이 몸이
인삼녹용의 패독산敗毒散이 무슨 소용 있나

199. 당신은 나를 보며는 본척만척 하여도
나는야 당신을 보니 정말 환정하겠네

200. 정선군청의 농업기수技手가 명사라고 하더니
촌색씨 호미 조사는 왜 아니오나

201. 울타리 밑에 조는 닭은 모이나 주면 오지요
저건너 큰애기는 무엇을 주면 오시나

202. 창밖은 삼경三更인데 보슬비가 오고요
우리들의 마음은 두사람만이 안다

203. 새정분이 날이 밝아 흡족치 않아요
옷소매 움켜 쥐고서 다시 올 날 또 묻네

204. 꼬치밭 한 골을 못 매는 저 여자가
이마 눈썹은 여덟 팔八자로 잘 가꾸네

205. 가는 허리 고운 맵시는 눈에도 삼삼하구요
정든님 음성 자취는 귀에도 쟁쟁하구나

206. 왜동물 청초마를 입었다고 동네 초군들
쑤근쑥덕에 내흉 보지를 말어라

207. 떨어진 동백은 낙엽落葉에나 쌓이지
잠시 잠간 임그리워서 나는 못살겠네

208. 저기 가는 저 여자는 뉘네집 병모님 딸인가
여덟팔자 거름거리에 뼈골이 살살 녹는다

209. 저기 가는 저 여자 거름거리를 보아라
씨암닭 거름으로 아기장 아기장 걸어가네

210. 그대 당신을 사모思慕하다가 골수에 든 병
화타 편작이 치료한들 일어날 수 있나

211. 당신이 가던지 내가 가던지 무슨 야단 나야지
깊은 정 더들다가는 둘이 다 죽겠네

212. 천지운기天地雲氣로 눈 비 올라면 땅이 누기가
있드시
눈도 비도 다오는데 당신은 왜 못오시나

213. 저기 가는 저 여자는 뉘집의 병모님 딸인지
어름판 건너갈적에 율그랑 살그랑 걷네

214. 산천에 올라서 님생각을 하니
풀잎의 마디 마디에 찬 이슬이 맺혀

215. 산천에 반달이 비친건 구름이 없는 탓이요
촌여자 신멋이 들은건 남편이 없는 탓일세

216. 펀펀약질에 펀펀약질에 병이나 든다면
당신의 속적삼을 벗어서 내가슴에 덮어줘

217. 二,三,四月 긴긴 해는 점심 굶어 살아도
동지섣달 긴긴밤이야 임 그리워 못 살겠네

218. 물없는 강바닥에는 큰아기가 놀기 좋구요
그대없는 방바닥에는 아기가 놀기 좋구요

219. 오시라는 정든님은 왜 아니오시고
오지말라는 궂은 비만이 줄줄이 온다.

220. 못먹은 소주 약주를 날 권하지 말고요
후원별당後苑別堂에 잠든 처녀를 날 권해주게

221. 오지말라는 궂은 비는 구질구질 오고요
오시라는 정든님은 귀에만 뱅뱅돈다

222. 무정한 기차야 소리말고 달려라
산란한 이내 마음이 더 산란하구나

223. 저건너 떡갈잎이 지화紙貨쪽 같다면
우리님 오시는 길에다 쌍철을 대지

224. 갈바람에도 실러덩 봄바람에도 실러덩
나를 두고도 실러덩

225. 공산명월에 해달같이도 희고 밝지를 말고
우리도 반달같이로 은은하게 놉시다

226. 변북이 산등에 이밥취 곤드래 내 연설을 들어라
총각 낭군을 만날라거든 해연연이 나거라

227. 허공중천虛空中天에 뜬 달은 임 계신 곳을
알건만
나는야 어이해서 임계신 곳을 모르나

228. 올라가며 내려가며 잔지침 소리는 들어도
옷눌리고 알바쳐서 못나가 봤네

229. 당신은 거기에 있고 나는 여기에 있어도
말한마디 못 전하니는 수천리로구나

230. 당신이 잘나서 여중일색女中一色인가
내눈이 어둠침침해서 환정이로구나

231. 깊은산 저묵밭은 보둑밭이 되기를 바라고
이내 몸은 하루바삐 임오시기만 바라네

232. 견이불식見而不食은 화중지찬畵中之饌이요
보고서 말못하니 수천리로구나

233. 아리랑 고개에다가 정거장을 짓고
정든임이 오실때를 기다려주네

234. 암탉의 서방아 병아리 애비야 너는 울지 말아라
나같은 신세도 말아니 한다

235. 일강릉一江陵 이춘천二春川 삼원천三原川 난리가
난다고 파발이 발발오는데
  그대 당신과 만나지 못함이 평생 소원이라네

236. 청천 하늘에 잔별이 많은 것은 구름이 없는
탓이요

요내 가슴에 수심이 많은 건 임없은 탓이로다

237. 당신은 내속 썩는 것 그다지도 모른다면
앞남산 봄눈 썩는 것 쳐다가 봐요

238. 울어서 될 일이라면 울어나 보지
울어서 안될 일을 어떻게 하나

239. 울며 불며 기다리던 너건만
너는야 나를 잊을랴고 괄세를 하나

240. 물쌀은 세고야 사공은 약한데
언제나 저배를 건너서 임상봉하나

241. 앞남산 봉접蜂蝶이 우리 임만 같다면
낙낙장송落落長松 높은 남게도 훨훨 날아 오르지

242. 물푸는 소리는 퐁드랑 퐁드랑
우리임 발자취는 다문에 담상

243. 뒷창문이 깔쭉 깔쭉에 임오시는줄 알았더니
요 못쓸 골방쥐가 날 속였구나

244. 수천리 강산에다 철사줄을 늘이고

정든님 소식을 앉아서 듣네

245. 허공중천에 떠나가는건 밤보라매요
우체국에 떨어진 것은 정든님 서신

246. 할금 할금에 옆눈질을 말고
당신 심중에 있는 심회를 내 귀에 다 전하게

247. 하늘을 봐야 별달을 따지
정든임을 만나야만 만단심회를 풀지

248. 당신도 두눈이 있거든 내 얼굴을 보서요
도화桃花같이 피든 몸이 철골鐵骨이 되었오

249. 앞남산에 황국단풍은 구시월九十月에나 들구요
이내 몸에 속단풍은 시시때때로 든다

250. 수천리 타향에다 정든임을 보내고
전보대 뚱딴지 조화로 임소식을 듣네

251. 당신이 생각을 날만치만 한다면
가시밭이 천리라도 신발 벗고와요

252. 산란한 봄바람아 네가 불지를 말아라

알뜰한 이내 마음이 또 산란하구나

253. 신정지초新情之初도 좋겠지마는냐
구정인들 아주야 잊을수가 있겠소

254. 나비없는 강산에 꽃은 피여 뭣하며
당신없는 요세상 단장하여 멋하나

255. 바람이 불라면 봄바람이 불고
낭군임이 오실라면은 총각낭군이 오세요

256. 봄볕이 좋아서 개울가에 갔더니
총각낭군 통사정에 물찌개 비었네

257. 날 따라오게 날 따라오게 날 따라오게
잔솔밭 중허리로 날 따라오게

258. 꿀보다 더 단 것은 진가루 설탕이요
초보다 더 신 것은 큰아기 허리라네

259. 이놈의 총각아 내손목을 놓아라
저건너 간난 아버지 건너다 본다

260. 색씨색씨 할적에 총각의 원이나 풀 것을

남의 집 가문에 들고 보니는 혈수 할수 없구나

261. 나 시집 간다고 통사정을 말고
시집 가는드로 달머슴을 오게

262. 시누야 올캐야 말내지 말게
삼밭속의 보금자리는 내가 쳐 놓았네

263. 보선볼을 못 받는다고 날가라고 하더니
당신의 또바리 고이에 밥어미가 되었오

264. 앞남산의 딱따구리는 생구멍도 뚫는데
우리집의 저 멍텅구리는 뚫어진 구멍도 못뚫네

265. 뒷집에 김도령 앞집에 이도령
세월 가는데로 내집에 한번 오시게

266. 울타리를 딱꺽으면 나오신다더니
행랑채를 다헐어 재쳐도 소식이 없네

267. 아리랑 고개는 열두나 고갠데
임자당신이 넘는 고개는 한고개뿐이다

268. 잘사는 시집사리를 못살게 해놓고

뒷감당 못할 그대가 왜 날 가자고 하나

269. 수수밭 삼밭을 다지내 놓고서
빤빤한 잔디밭에서 왜 이렇게 졸라

270. 울타리 밑에다가 삼을 갈아 놓고서
한길 삼이 오르거든 만나를 보세

271. 몰운한치沒雲汗峙의 금점 허가는 다달이 연연
나는데
유정임有情任의 잠자리 허가는 왜 아니나나

272. 아우라지 건너갈 때는 아우라지더니
가물재 넘어갈 때는 가물감실하네

273. 원앙금침鴛鴦衾枕에 잣비개는 저녁마다 비련만
대장부 긴긴 팔은 언제나 비나

274. 이달에나 못가면 훗달이나 가도 좋찮나
왜서 나를 붙잡고 통사정 하나

275. 시에미 잡년아 잠이나 깊이 들어라
아리랑 보따리 쓰리랑 따라서 난질을 가잔다

276. 견이불식見而不食은 화중지찬畫中之饌이요
잘난 것 못보기는 남의집 유부녀로다

277. 아들딸 보려고 산제불공山祭佛供을 말고요
야밤삼경에 오신 손님을 괄세를 마라

278. 놀다가 노랑북새는 내가 감당할꺼니
저기 저달이 두둥실 뜨도록 놀다가 가세요

279. 간난 아버지 길 떠나신 줄은 뻔연히 알면서
간난 아버지 어데 갔느냐고 왜 묻나

280. 담 넘어 갈 때는 큰맘먹고 갔더니
세 살 문고리 잡고서 발발 떠네

281. 울타리 밑에다 임세워 두고
아랫목 홋이불이 고깔춤추네

282. 당신과 날과 칠팔월七八月이 되거덜랑은
앞남산 밑으로 동백따러 갑시다

283. 당신이 오실라면은 초저녁에나 오시지
날이새고 닭이 우는데 무엇하러 오셨나

284. 정선읍내야 은행나무 꾀꼬리단풍 드는데

꽁지갈보 데리고서 성마령 넘자

285. 울타리 밑에다가 칠성당을 묻고
본가장 죽으라고 백일기도 드리네

286. 울타리 밑에 주절이 쓰고 앉었다 섰다 하는건
도적놈이 아니면 색씨 사냥꾼이라

287. 오뉴월 삼복지경三伏之境이 그다지도 추운가
세 살문꼬리 썩 잡더니 산발이 벌벌떨려

288. 자동차 뒷바퀴에 곤달걀을 부치라면 부쳤지
당신같은 남아에게 말부칠 수 있나

289. 정선읍내야 일백오십호 몽땅 잠드려 놓고서
임호장戶長네 맏며누리 다리고서 성마령을 넘자

290. 수수밭 텃도지는 내가 물어 줄거니
보름달이 지새도록 놀다가가요

291. 정선읍내 물레방아는 남창 북창 동착 서창물을
안고 돌고 도는데
우리집의 나갔던 손님 돌아올 줄 왜 몰라

292. 백두산이 아무리 높아도 솔보득이 밑으로
들고요
　여자의 일색이 제아무리 잘나도 남자품안에 든다

293. 울타리 바싹하면은 나오마시더니
　울한폭을 다 뽑아도 나오지 않네

294. 수수밭의 팃 도지는 내가다 물어줄테니
　구시월까지만 좀 세워서 두게

295. 암탉아 서방아 병아리 아비야 울지를 마러라
　내품안에 자던 그님이 간곳이 없네

296. 새로 한시에 오라고 우데마끼를 주었더니
　一, 二, 三, 四를 모르고 열두시에 왔네

297. 당신만 같다면 변할 리가 있겠오
　정하나를 갖이고 두셋을 볼라니 안 변할 수 있소

298. 흰댕기 착착 접어서 서덕돌 밑에다 넣고요
　본 남편 죽으라고 백년치성 드리네

299. 삼신산三神山의 불로초도 풀은 풀이 아니냐
　하루밤을 자고가도 임은 임일세

300. 우리집 시어머니는 왜 이렇게도 약빨러
울타리 밑의 개구영을 다 틀어 막네

301. 시어머니 산소를 까투리 봉에다 썼더니
아들딸 낳은 쪽쪽 콩밭골로 가네

302. 시어머니 산소를 까투리 봉에다 썼는지
우리 삼동세 줄남봉이 섰구나

303. 시어머니 산소를 깨구리 봉에다 섰더니
옆구리만 찔러도 해딱 자빠지네

304. 영감아 홍감아 집잘보고 있거라
잠자리 팔아서 엿사다 줌세

305. 심심 산골의 참매미는 말거미줄이 원수요
우리들의 원수는 본가장이 원수다

306. 오이밭에 원수는 고슴도치가 원수요
널과 나와 원수는 정 많은 것이 원수라

307. 앞산이 덜컥 무너져 육지 평지가 되더라도
당신하고 나하고는 꼭 사라보자

308. 뒷동산의 도라지꽃은 바람 나풀 뒤치고
하이칼라 상투머리는 내손에 살짝 뒤친다.

309. 보구래연쟁기나 같다면 남이나 빌려 줬다지만
번연이 알면서 달라는데 알 줄수있나

310. 형이야 형이야 삼백구촌 형이야
아무리 하더래도 말내지 말게

311. 주먹같은 감자를 달달 긁어서 통로구에다
뎅그랑 놓고서
된 호박장이 끓거던 감자 잡수러 오세요

312. 밤중에 샛별을 초롱불로 삼고서
더듬 더듬에 임 찾아가지

313. 바람도 살랑 구름도 몽실
이내 문전에 임도 살랑

314. 오다가 가다가 정든 임을 맞나니
하도야 반가워서 우뚝히 섰네

315. 이리 오게나 저리 오게나 내옆으로 오게
수삼년 그립던 그 손목을 다시 잡아보자

316. 행주치마를 똘똘말아 옆옆이 찌고
산 높으고 골 깊은드로 임상봉가자

317. 홋 초마 밑에다 소주병 달고
오동나무 밑으로 임마중 가자

318. 만반진수를 차려 놓고서 날 오라면 오겠오
꽃같은 임을 바래서 나 여기 왔오

319. 만반진수를 차려 놓고서 날 오라면 오겠오
거미같은 임을 바라서 나 여기 왔네

320. 설중의 매화가 몽중에도 피더니
당신을 만나기는 천만 의외로다

321. 당신이 날만치만 생각을 한다면
가시밭길 천리라도 신발벗고 오리라

322. 뒷동산 갈밭에다가 불을 질러놓고서
불끄러 간다고서 임보러를 가네

323. 열두칸 뒷마루 여섯칸 앞마루 일월이 비추기
쉬워도
당신이 우리집 오기는 천만 의외라

324. 금전이 중하거던 네 멋대로 가고
사랑이 중하거던 날만 따라오게

325. 오늘 갈는지 내일 갈는지 정수정망定數定望
없는 데
맨드라미 줄봉숭아는 왜 심어놨나

326. 서산에 지는 해는 지고 싶어 지나
정들이고 가시는 님은 가고 싶어 가나

327. 해와 달도 삼재三災가 들면은 일식월식을
하는데
정든님에 마음절인들 안변할 수가 있나

328. 일락서산日落西山에 지는 해는 지고싶어 지나
나를 버리고 가시는 임은 가고싶어 가나

329. 세월이 가고서 임이마저 간다면
이세상 한백년을 누굴 믿고서 사나

330. 당신은 왔다가 그저간 듯 하여도
삼혼칠백의 맑은 정신은 뒤따라간다

331. 부모동기 이별할 때는 눈물이 찔끔 나더니

그대 당신을 이별하자니 하늘이 팽팽 돈다

332. 천질 만질 떨어져서는 살지만
한질되는 임 떨어져서는 난 못살겠네

333. 내가야 왔다갈적에 서강물이 불거던
고향산천을 이별할 적에 울고 간줄 알아라

334. 해와 달이야 오늘 져도 내일이면 오련만
임자당신은 오늘 가면은 언제 오나

335. 멀구다래 떨어진데는 꼭지나 있지
정든임 오셨다 가신덴 자취도 없네

336. 이달에 못만나면 새달이나 만나지
조양강 강변에서 날 잡고서 왜 탁난치나

337. 가는님 허리를 한아름에 안고서
죽여라 살여라 생사결단일세

338. 술이라고 잡수시거던 잔주를 말고
님이라고 만나시거던 이별을 맙시다

339. 간다는 갈왕往자는 당신이 가지고 가고

오신다는 올래ㅆ자는 내게 두고 가소

340. 바람은 손발이 없어도 나뭇가지를 흔드는데
그대 당신은 양손이 있어도 가는님을 왜 잡지를
못하느냐

341. 데리고 갈까 모시고 갈까 안고 지고 갈까
헐수할수 없어서 울고만 가네

342. 내가야 왔다가 간뒤에 도랑에 물이 뿔거던
내가야 왔다가 간뒤에 울고간줄 알아요

343. 오늘 갔다가 내일 온다면 나는 안따라가지만
오늘 갔다가 모래 온다면 나는 따라가요

344. 돈이라고야 생길랴거든 날구장창 생기고
님이라고야 생길랴거든 이별없이 생겨라

345. 간다 간다 내가 돌아를 간다
쓸쓸한 이곳을 버리고 내 돌아간다

346. 갈적에 가더라도 간다는 말을 하지 말어라
간다 간다 간다는 소리에 정이 떨어진다

347. 간다지 못간다지 얼마나 울었나
송정암訟亭岩 나루터가 한강수 되었소

348. 산천이 고와서 되돌아를 보았나
어린낭군이 가련可憐해서 되돌아 보았네

349. 산이 고와서 되돌아다 보았나
임이 살던 곳이래서 되돌아 봤네

350. 떡깔잎을 띄워서 임소식을 안다면
임오시는 천리길에도 임마중 가자

351. 저건너 떡갈잎이 지화紙貨쪽 같다면
우리님 오시는 길에 쌍철雙鐵을 대지

352. 산꼭대기 도라지꽃은 바람에 팽팽 돌고요
총각색씨 이별하면은 눈물이 팽팽 돕니다

353. 산천에 뭇새도 벗들이나 있는데
임이 가고서 내가 살면은 무엇을 하나

354. 하루밤 맺은정을 끊지 못해서 우느냐
능나도 수풀속에서 봄비가 온다

355. 무정無情한 기차汽車야 소리말구 가거라
산란한 이내 마음이 더 산란하구나

356. 일본동경에 갈맘은 연락선으로 하나요
살림사를 할마음은 도토리 껍질로 하날세

357. 노소없는 앞산 기러기 서상강으로 돌고
임자없는 아내 와다시 빈방안으로 돈다

358. 가는데 쪽쪽에 정드려나 놓고서
이별이 잦고 잦아서 나는 못살겠네

359. 산천 초목이 푸르러서 가시던 님은
백설이 횟날리어도 왜 아니 오시나

360. 금전을 주어도 세월은 못사나니
알뜰한 세월을 허송치 맙시다

361. 먹고살 재산없다고 탄식을 말고서
힘대 힘대로 일하여 오붓하게 삽시다

362. 겹쳐진 허리에다 지개태장 싫거든
떠돌이 한백년에 빌어서나 먹겠다

363. 청춘도 늙기 쉽고 늙으면 죽기도 쉬운데
호호백발 되기 전에 부지런히 일하세

364. 배달의 동포야 굶주리지 말고
힘대 힘대로 일하며 자수성가 합시다

365. 보명석자 허리에 맺다고 흉보지마오
십여명 소슬이 이 덕으로 산다

366. 세월이 간다고 한탄하지 말고요
한나이래도 젊어서 잘 살아나봅시다

367. 무주공산無主空山에 올라를 가니는
풀잎에는 매디매디 이슬이로구나

368. 곤두래 만두래 쓰러진 골로
우리집 삼동세 봄나물 가세

369. 매여주게 매여주게 김며여주게
오늘날 못다 매는김 다 매여주게

370. 곤두래 딱주기는 내가 다 뜯어줄거니
참나무 참도들치는 그대가 뜯게

371. 꼴빌 총각은 꼴비러를 가고
저녁할 여자는 저녁하러 가소

372. 살개바우 노랑차조밭 어느누가 매느냐
비오고 날 개는 날에 단둘이 매러 갑시다

373. 석새배에 노랑치마를 오바삼아 두르고
낫자루 호미자루를 만년필로 쓰자

374. 우리댁의 시어머니는 정말 찜주머니
잠자는 척을 하면서 생코만 곤다네 윗

375. 시집온지 사흘만에 바가지 장단을 쳤더니
시아버지가 나오시더니 엉덩이 춤만추네

376. 시집간지 삼일만에 부뚜막 장단을 쳤더니
시어머니 눈은 까재미 눈이 된다네

377. 하두 심심하여 부지깽이 장단에 정선아라리
불렀더니
시어머니 녹두 방정에 어린아기 깼네

378. 시아버지 죽어지니 사랑넓어 좋더니
시어머니 죽어지니 안방넓어 좋구나

379. 시어머니 죽어지니 안방 넓어 좋더니
보리방아 물쭤노니 시어머니 생각이나네

380. 시아버지 죽으니 사랑넓어 좋더니
자리날 터지니 시아버지 생각이나네

381. 양인이 대작對酌하야 심화心火 화和하니
일배一盃 일배에 또 한잔을 먹겠네

382. 인생이 부득不得에 항소년恒少年하니
막석상두莫惜床頭에 매주전買酒錢이라

383. 권군경진勸君更進에 일배주一盃酒하니는
서출양관西出陽關이면 무고인無故人할 것을

384. 유전자有錢者 무전자無錢者 사람 괄세 마러라
인간세계 부귀영화는 돌고도 돈다

385. 아우라지 江물이 소주 약주같다면
오고 가는 친구가 모두 내 친굴세

386. 친구는 남이련마는 왜이다지 다정하냐
한시라도 못보면은 그리워서 나 못살겠네

387. 바다는 마르면 밑이나 볼 수 있지만
사람의 마음은 죽어도 모른다네

388. 술잔에 엉킨 친구가 속마저도 같다면
세상살이 의론하면서 수작이나 하세

389. 눈물로 사귄 정은 오래도록 가지만
금전으로 사귄 정은 잠시 잠간이라네

390. 일년 열두달 품파리 하여서
고 몹쓸 화류계 여자애 다 주고 말았네

391. 돈 쓰던 남아가 돈 떨어지니
九十月 막바지에 서리 맞은 국화라

392. 놉시다 노잔다 젊고 젊어 놉시다
나이많고 병이 들며는 못노리로구나

393. 놀다 가세요 자다 가세요
그믐 초성달이 뜨도록 놀다가 가셔요

394. 산수갑산에 등칠기는 앙글당글 지는데
우리 노는 좌석만큼은 앙글당글 안지나

395. 우리가 살면은 한오백년을 사나
사러 생전에 술담배 먹구 놀다가 죽자

396. 산에 올라 옥을 캐니 이름이 좋아서
산옥山玉이냐
술상 머리에서 부르기 좋아서 산옥山玉이로구나

397. 황새여울 된꼬까리에 떼를 지어 놓았네
만지산의 전산옥全山玉이야 술상 차려놓게

398. 동시섣달 문풍지도 닐리리 소리를 내는데
여기모인 여러분들 노래 한마디 합시다

399. 겉눈을 실쩍 감고야 속눈으로 보니
대광령 성황임도 좀 쉬어 가잔다

400. 곰골잿말랑 둥둥잿말랑 새밭을 파지 말고서
낭군님 데리고서 화전 놀이 갑시다

401. 미꾸라지 생선국은 소주 약수만 좋고요
간드레 불이 밝아서 노다지 캐기만 좋아요

402. 노다가 자다가 정이나 저물거던
가진접 초롱에다가 불밝혀 줌세

403. 저달은 뚜렷이 반달인데
보름달이 되도록 놀다가 가게

404. 막걸리 육백전에 십이원 팔전인데
주인 아주머니 한잔 못 권코 다 마셨네

405. 사극다리를 똑똑 꺾어서 군불을 때고서
중방밑이 노릇노릇토록 놀다가 가세

406. 술집에 큰애기를 정을 두었더니
찬물을 달라하여도 청주만 준다

407. 화류계 여자가 사람이 된다면
짐실은 당나귀가 나무에 오르겠네

408. 술은야 술술이 잘 넘어가고
찬물에 냉수는 중치가 멘다

409. ㄱ에 ㄴㄷㄹ은 국문國文의 토바침이요
술집갈보 열손가락은 술잔바침일세

410. 산옥山玉이의 팔은야 객주客主집의 벼개요
붉은에 입술은야 놀이터의 술잔일세

411. 이만큼 저만큼 앉고 서래도
눈치만 빠르면 정분을 두네

412. 저건너 저산이 내돈 덤이만 같다면
이세상에 갈보 정담은 내가 다하지

413. 때리고 부수고 놀기 좋기는 술상머리가 좋고요
안고지고 놀기 좋기는 큰애기 방이로다

414. 이십공산아 삼십에 오동아 팔팔 일어잿쳐라
일년 열두달 낫자루 품 판 돈 다 올라간다

415. 술 집에 갈적에는 술먹자고 왔는데
하나 객담하자고 술집에 왔오

416. 바람에 불리는 삼대와 같이도
정들고 못살기는 화류계 여자

417. 아리랑 고개에다 정자각을 짓고
오시는님 가시는님 들려만 가게

418. 맹건당줄 늘어진 것을 보니는 서울 양반같더니
말한마디 시켜놓고 보니는 백판 시골 양반

419. 오동나무 팔모반에 유리잔을 놓고서
너하고 나하고 동배주하세

420. 술은야 안먹자고 명세를 했더니
술잔보고 주모보니는 또 한잔먹네

421. 신정선 아라리 구정선조
신갈보 호리가 막 맞었구나

422. 오동나무 팔모반에 사기잔을 놓고서
가는 손 오는 손님들 만족히나 들고 가시오

423. 청국전쟁의 돈재물은 빚을 지고 살아도
하지 못하는 정선의 아라리 빚을 지고 살겠오

424. 돈이 많고야 벽창호는 다 싫다 하여도
김서방 그대 노인 건달은 나는 정말 좋더라

425. 수수하게 차리재도 한나절 품이 드는데
보기좋게 차리자니 해동갑을 하네

426. 미창 아래쪽 서천명월 西天明月아 술한잔 부어라
오복수 들가방에 돈 쏘다진다

427. 잔돈푼이 아쉬워서 술한잔을 파니
동네사람 우주왈 공론에 명월관이라 하네

428. 천질아 만질아 망치품을 팔아서
갈보년들 홍초마 꼬리에다 다 쏟아넣네

429. 뚝 떠나갑시다 뚝 떠나갑시다
용산상기 배떠나 가듯이 뚝 떠나갑시다

430. 신발벗고 못갈 곳은 찬밤나무 밑이요
돈없이 못갈 곳은 행화촌杏花村이로다

431. 술잘먹고 돈 잘 쓸 때는 금수강산 일러니
술못먹고 돈 떨어지니 적막강산일세

432. 우리가 살면은 한오백년을 사나
남 듣기 싫은 소리는 하지를 맙시다

433. 말잘하는 소진장이도 실수할 때가 있는데
젊은 청년 우리들이 실수 안할 수 있나

434. 너 잘났느니 내 못났느니 인물 다툼 말구
노랑전 한두푼이 지가 정말 잘났네

435. 네 잘났느니 내 못났느니 인물 다툼 마러라
양지화洋紙貨 텁석 뿌리가 너 잘났구나

436. 못살겠구나 못살겠구나 나는 못살겠구나
님이 그립고 금전이 그리워 나는 못살겠구나

437. 역발산力拔山 기개세氣蓋世하는 항우項羽같은 장사도
금전이 없다면 무슨 소용 있느냐

438. 앞 남산 호랑나비는 왕거미줄이 원수요
우리둘의 원수는 금전이 원수로다

439. 세월아 네월아 나달 봄철아 오고 가지 말아라
알뜰한 이팔청춘二八靑春이 다 늙어를 간다.

440. 세월 네월아 갈철 봄철아 오고가질 말아라
알뜰한 이내 청춘이 다 늙어를 간다

441. 무정한 세월아 오고가지를 말아라
알뜰한 청춘의 남아가 다 늙어간다

442. 세월이 갈려면 저 혼자나 가지
알뜰한 청춘을 왜다리고 가나

443. 세월아 봄철아 오고 가지를 말아라
알뜰한 청춘이 다 늙어간다

444. 이씨야 명창에 봄새소리는 골골마나 나는데
이삼 사월 봄한철은 청년만 다늙네

445. 국화 매화가 곱고 고와도 춘추단절春秋短節
아니냐
여자 일색이 네 아무리 고와도 삼십미만이로다

446. 태산이 높고 높아도 소나무 밑이요
여자 일색이 아무리 잘나도 삼심밑이로다

447. 갈적에 보니는 젖먹던 아이가
올적에 보니 신부감으로 자랐네

448. 갈적에 심으던 나무가
올적에 보니는 불대로 나가네

449. 국화도 한철 매화도 한철
우리도 요때 조때가 한철이로구나

450. 산천의 초목은 다 늙더래도
이내의 청년에 일신만큼은 당대 늙지를 말자

451. 월미봉月尾峯 살구나무도 고목이 덜컥 된다면
오던새 그 나비도 되돌아 간다.

452. 산천초목山川草木 황국단풍黃菊丹楓은 年年이나
들고
이팔청춘二八靑春은 우리 인생人生은 해마다나
늙어요

453. 인생이 부득不得 갱更 소년하니
몸은 비록 늙었지만 마음조차 늙었느냐

454. 원수의 백발이 오지마라고 까시성을 쌓더니
요 못쓸놈의 원수백발이 앞을 질러왔네

455. 새끼 백발은 끊어서나 쓰지요
늙은이 백발은 쓸데가 없네

456. 아리 아리랑 스리 스리랑 신배나무는
마디 마디 뚝뚝 꺾어도 꽃만피네

457. 이팔청춘二八靑春 소년小年들아 백발보고
웃지마라
백발이 되기가 잠간이로구나

458. 까마귀 까악깍 짖거던 내병든줄 알고서
낯선 사람이 오거던요 내 죽은 줄로 아시오

459. 나이 많은 노인들은 상사날까 염려요
나이 젊은 청년들은 백발이 될까 염려라

460. 기름불은 꺼질라고 감을 감실하는데
기름수대 가지러 간년에 그대 당신 죽었네

461. 짐승의 괴물은 고슴도치 아닌가
사람의 괴물은 늙은 영감일세

462. 높은산 정산말랑에 단독이나 선나무
날과야 같이로만 외로이만 섰네

463. 바람이 불고 불어서 쓰러진에 나무는
눈비가 오신다면은 일어날 수 있나

464. 명사십리明沙十里 해당화海棠花는 명년明年이면 피지만
한번가신 우리님은 언제나 오나

465. 나비없는 강산에 꽃은 피어 무엇을 하며
님이없는 이강산에 돈벌어 무엇하나

466. 명사십리 해당화야 꽃진다고 슬퍼 말아라
    공동묘지共同墓地 가신 낭군郎君은 명년明年에도
못온다

467. 부령청진富嶺淸津 가신 낭군은 돈이나 벌면
오잔소
    공동산천共同山川에 가신 낭군은 언제나 오나

468. 짝이 없는 기러기는 조양강朝陽江으로 돌고요
    임이없는 이내 몸은 빈 방안에서 돈다

469. 짝이없는 뻐꾸기는 솔밭 밑으로만 돌고요
    임이없는 이내몸은 빈방안으로 돈다

470. 일본동경日本東京에 가신 낭군은 돈이나 벌면
온다지
    만첩산천萬疊山川에 가신 낭군은 언제나 오나

471. 백년百年을 살아야 삼만육천三萬六天 날인데
    그동안 사느라고서 고생고생 하느냐

472. 사람이 못났으면 금전金錢이나 많거나
    사람이 못나고 보면 금전조차 왜 없나

473. 물한동이를 여다 놓고서 물그림자를 보니는
촌살림하기는 정말 원통하구나

474. 살다가 살다가 내가 못산다면
한강수漢江水 깊은 물에 빠져서나 죽잔나

475. 국화와 매화꽃은 몽중夢中에도 피잔나
사람의 이내 신세가 요렇게 되기는 천만 의외로다

476. 놀다가 죽어서도 원통冤痛하다고 하는데
일하다가 죽어진 인생 더할말이 있나

477. 일년자란 감자폭이도 삼재팔난三災八難을
겪는데
우리같은 인생은 무슨 격란은 못겪나

478. 동박은 떨어지면은 낙엽에나 쌓이지
이내몸은 돌고돌아 어디로 가나

479. 강물은 돌고돌아 바다로나 가지요
이내몸은 돌고돌아 어디로 가나

480. 갈곳은 수천리 해는 저서 저문데
이내몸은 누굴따라 어디로 가나

481. 월매月梅딸 춘향春香이라면 열녀비나 서건만
우리같은 여자가 무슨 짓을 한들 열녀비가 서겠오

482. 당신하고 나하고 못살게 된다면
양재물을 폭타놓고서 동배주同盃酒하세

483. 천리타향千里他鄉에 벗어진 이몸이
의지할곳 정둘곳을 그대만 믿겠소

484. 당신은 반듯이 본처가 있는 남아요
이내몸은 돌고돌아서 부평초浮萍草로다

485. 이내몸이 학이나 되어서 날개 위에다
유정임有情任 실고
천만리千萬里 훨훨 날아 눈물없이 못나나

486. 시집사리를 못하고 친정사리를 할망정
술담배 아니 먹고선 난 못살겠네

487. 소리 소리 강냉이 밭의 오소리
강냉이 한자리 다 파먹고 간곳이 없네

488. 춘추春秋가 많아서 이내 몸이 늙었나
곤궁한 살림살이에 모발이 다 시었네

489. 세상천지世上天地야 별별일도 참 많다
제정 안주고 남의정 받기가 천하 일술너라

490. 올감자를 달달 긁어서 흠뻑 끓여 놓고
호박따다가 장끓이거든 잡숫꾸 가서요

491. 일장춘몽이 봄꿈이 아니야
꿈에 모든 친구들을 다 만내보겠네

492. 주건년지야 살었년지야 문을 여러보셔요
죽지는 아니하여두 숨이 읍서졌어요

493. 동박지름을 살살 발너라 윤태나는 저 머리
시방시체 다 딴 댕기가 멋들었다네

494. 우리님 얼구리를 못보셋거든
논두렁 밭두렁에 메꽃틀 보게

495. 우물안 고기는야 꼬리만 툭툭치고
북케 앉은 큰 아기는 바가지장단만 친다

496. 참깨 들깨 나는데 아주야 까리는 못나나
총각 색씨 노는데 영감에 할멈은 못노나

497. 놀다가 죽는 것으로는 물밑에 붕어요
일하다가 죽은 것으는 우리농민 아니요

498. 사래야 길구야 장장한 이 밭을
언제나 다 매구야 임만나러 가나

499. 아우실 상상봉에 곤드레딱주기 무슨 죄를
지어서
이 삼사월 진진해 다 중허리를 꺾였네

500. 우리두 운제나 돈 불아가지구
남과 겉이 근심읍시 살다가 세상뜨겠소

501. 유종 무정으는야 사굴탓이 아니요
잘살구 못사는거는 우리 분복이라

502. 꽃은 피나 안피나 정선 화발령이요
꺾던지 못꺾던지 영월 고개길이라

503. 남산에 올러 변설악이요
북며이 좌우하는 저산비라

504. 동면같이 경치 좋은 곳에 놀러 한번 오세요
용산소 폭포수 물밑에도 해당화만 핍니다

505. 산에 올러 산우엔가
들에 네러서 드들방에

506. 춘봉도화가 이소색하니는
왕래 봉접 양류지라

507. 칠팔월이 되거들랑은 동박따러나 갑시다
동박나무야 휘어줄거니 당신이 따요

508. 노자는 인생이요 씨자는 금전인데
아니 씨고 아니 먹으면 너는 무엇 할나나

509. 니나 내나 죽어지면 무슨 소용이 있나
서루이 생전이 맘대로 노세

510. 백두 한산에 신불노하니
몸으는 늙얼망정에 맘으는 아니늙네

511. 산천에 초목은 나날이 젊어 가는데
이팔청춘에 이내 몸들은 왜 늙어가나

512. 안개구름이 세게 지내니 비가오건마는
우리가이 한번 늙으니 다 허사로구나

513. 이산 넘어서 저산 가며는 임도 보고 사지
고개다 생이래서 부초이로구나

514. 정환에 돌아보니는 산만 충충하는데
보든에 양반은 하날도 없소

515. 바람아 불어라 구름아 모여라
부평초 이몸도 함께나 갑시다.

516. 산천초목에 물과 요지도 임자가 있는데
우리는 뭘루 생겨서 임자가 없나

517. 한 수의 자규가 무심히 울어서
산란한 내 심중으는 점점 산란쿠나

518. 가리왕산에 실안개 도는건 눈비나 줄나구 돌지만
이산두메 뜬 색시야 누구를 홀릴라구 떳나

519. 당신은 누어집에 귀동 아녀잔데
저렇게 얌전하게도 왜 생겼나

520. 물레방아 돌구도는 데는 물에 물심으로 도잔소
여러분 좌석에 노시는 것은 술에 술심이라

521. 산천이 도아가지구 여게를 오셨겠나
여러분의 혼령 덕분에 여게를 오셨지

522. 아우라지 합수물이 흘러가구 보면
팔도에 건달은 내가 다 사구네

523. 이팔에 청춘 남아가 무엇으로 늙었나
주색잡기 나지미 작벽에 모발만 들컥 늘었네

524. 지불명령에 강제집행은 다달이 맞내드래도
술상머리 씨는 금전을 애끼지를 맙시다

525. 가시는 그대 님으는 잘 가시련만은
이곳에 있는 이몸은 속단풍만 드네

526. 그대두 가시구 사랑두 마주 간다면
요세상 한백년을 누구를 믿구 살겠소

527. 돈없는 니사내는 벌어도 씰수 있잔나
임없는 이몸은 이강산에 어떻게 사나

528. 백석봉 겉이두야 두텁던 정분
풀잎에 이슬겉이두 다 떨어지네

529. 세상에 못할 일은 이별만은 못해요
천지웅기가 들어올 때에 당신도 들어오세요

530. 우연히 식어서 병이나 덜컥 들었는데
당신이 몰라준다면 내신세 다되지

531. 울미네 불미네 잡은에야 손목
지근이자근이 잘크레져두야 나는 못노리라

532. 열이 가구서 당신 낭군 간다면
요세상 한평생을 누를 믿고 살아요

533. 이실 아척에 만내신 님은
해가 지구 어두우니는 이별이로구나

534. 구시월 새단풍은 하날님의 조화요
요내몸 달싱거는 당신의 조화라

535. 굴거리 앞산에 도는 안개는 비나 줄나구 도지
능그리 도는 남자는 날 홀릴나고 도네

536. 맑은 물 한동은 달룽 들어서 쇠통에다 붓구서
물둥이두 임두 보구 겸사겸사 가지

537. 봄바람이 살랑살랑에 싸리눈이 트고요
이내 마음이 싱숭생숭에 우리님이 오네

538. 요넘어 총각이 내집 문전에 지내 가실적에
호요바람을 맞었는지 눈물이 팽팽돈다

539. 태산준령을 평지를 삼구
도척겉은 당신을 뵈자구 나 여기왔네

540. 가리왕산 산신령끼 무대를 보니
우리 둘어 정분은 호백년이라지

541. 당신도 남이요 나도 삼사 남인데
남남끼리 만났던 정분을 변하지마라

542. 동백나무 꺾는 소리는 와자자끈 나는데
우리님 소리는 간곳이 없구나

543. 뒷동산 철쭉꽃은 강산을 불태워 좋고
우리집의 서방님으는 내맘을 불태워좋다

544. 언정 우리 울까 부뚜막에 소금이 쉴까
그대하구 나하구서 정분 전심인가

545. 총각으 머리는 처절박머리
큰아기 손길에 윤태만 난다

546. 컹컹개말렁 둥둥개말렁 개박 타지 말구선
낭군님 데리구서는 화전놀이 갑시다

547. 팸물돈지야 용버들 팽이는 다쎄가 빠져도
당신하고 나하구는야 평생 죽지 맙시다

548. 갈룽아제야 질룽조카야 울거리동세 아닌가
고쟁이 벗고 덤비는데 겁낼 누가 있나

549. 당신두 꼭 끈안구야 나두 꼭 끈안구서
고벽양지에 돌 궁그드시 궁그러보자

550. 두손목을 다 꼭 부잡고선 사정사정 하는데
삼대겉이 연한 맘으루 거저 정성하겠소

551. 먹으라는 외는야 왜 아니 먹구서
물겉은 손묵을 자잘커 죄요

552. 삼단같은 머리채를 옆에다 살작 두르고
당신하고 나하고는 나비잠 자소

553. 손목을 웅켜잡구서 바발발 떠지 말고서
당신에 심중에 있는말 귀에다 대고 하셔라

554. 쇠살문골 잡고서 발발떠던 저남아
아이아초에 내방에 올라고 맘도 먹지 말어라

555. 수수벌 강낭밭은 몽장 다 버리고
울도 담도 없는 내앞에는 왜 요리 조르는가

556. 아실아실에 춥구춥거든 내품 안으루 들구
비개가 낮구낮거든 그대 팔을 비지

557. 옥양목 고애적삼을 훨훨 벗어제치고
양공단 홋이불 속에서 나비잠 자소

558. 요놈에 색시야 눈 살펴라
단속옷 가랑에 손 들어간다

559. 요놈에 총각아 내 손목 놔라
아주까리 유절근 머리가 다 헝크러진다

560. 우리집 낭군은 돈벌누나 갔는데
삼사오륙을 내놓고는 내배 타러 오게

561. 이팔에 청춘 남아가 죽어야만 옳으냐
외로운 여자몸에두 잠깐 빌려야 옳으지

562. 이웃 갔던 낭군이 오실나는지
올명주 단속곳이 누가지네

563. 처녀 총각이 삼밭에 드니
깔깔이 살렁이 굳거리 장단을 치네

565. 색시색시 하실적에 오복수댕기
곤때도 아니 묻어서 곽사주가 왔네

566. 널구넙으네 마당신작로 백성이 닦다말잔소
하이칼래 상구야 머리는 맷날 공치사 맙시다

567. 삼십육년 묵던 무궁화두 피었는데
삼천만 동포야 태극기를 찾어라

568. 신작로 호리다데 뽀뿌라 나무야
자동차 바람에 단춤을 추네

569. 앞남산천에 불쓴 솟은 건 해달이 아니오
그 중허리에 빙빙 도시는 건 옛 충신이라

570. 놀기 좋은 유평리 한치로 또 한번만 오셔요
글넘을 그 가무세도 해당화가 핍니다

571. 부모님이 잘하면 효자를 낳고
부모님이 잘못하며는 나쁜자식이 납니다.

572. 정선지경에 상동뱃사공 뱃머리 돌려요
우리나리 승가 시간이 점점만 늘어가요

573. 착하게 하는 양반은 봄동산에 풀이요
악하게 하는 사람은 칼가는 숫돌이라

574. 고벽양지에 사철묵밭은 영림소서나 빌리지
남면한치 김옥희는 어느누가 뉘었나

575. 남척산정에 또랑칠기는 달그럭달그럭 댔건만
우리는야 언제나 유정님을 만내서
달그럭달그러지나

576. 네발세경에 가진종 기계는 내가 사다 줄거니
그래 당신 눈썹은야 여덜팔자로나 만들게

577. 대한민국 헌법은 다 잘 매련됐넌데
늙은이나 젊은이나 쌈질하지 말어라

578. 부뚜막위 신작로는 절가지로 놓고
시어머니 밥상은 발로 운전하네

579. 산넘애 구름뜬 것은 달이 웁는 탓이요
촌여자 몸달뜬 것은 임이 웁는 탓이라

580. 세월 봄한철 따뜻하다고 해도
고만한 양반덜 모일줄을 누가 알구 있는가

581. 아리랑소리를 누가 냈나
유자골 큰아기가 내가 냈네

582. 아리아리랑 아리아리랑 아라리가 났구요
시어머니 마빡엔 소반장단 났어요

583. 아주까리에 피매주 동백은 소녀답다드래두
동백남구 상수남기는 항여 꺾지 맙시다

584. 우리님을 보구서 남에 임을 보니
안나던 시새도 절로 나요

585. 유평리 삼베약수는 약수가 있어도 사람이 병만
들고
영월 덕계는 덕계가 있어도 죽기만 한다

586. 오리장비비비 만리풍딱주기 니시기마라
정선읍내 상동알아리 들어나 보자

587. 잠들은 고목나무가 요조처녀 달구서
멍든상처 남길라구서 맴돌아 간다

588. 한치뒷산에 두치곤드레 가늘다해도
정든 나지미 나하구서는 당대 못두 맙시다

589. 밀꼬라지야 묏뚜기야 니고향이 어데냐
저건너 미나리밭이야 내고향이 아닌가

590. 우리두 언제나 돈을 많이 벌어서
유정하게도 잘 살어볼까

591. 가리왕산 줄기가 흘러서 강아지 손 짓구서
산좋고 인심좋으니 무릉도원이지

592. 고벽양지 사철쑥밭은 연일가서 물리고
남면한치야 궁여궁이면 어느 누가 물리나

593. 곤드레 만드레 쓰러지는 골로
행지초메 옆에 지르구 나물놀이 가자

594. 산에 올라서 곤드레 꺾을 적에는
우리도 삼동세 아라리를 하세

595. 오대산서 흐르는 냉수가 뭣 때문에 흐르나
속상하고 애타실적에 그 냉수먹고 맘돌려

596. 재넘어 동박아 늬야 다담뿍 열어라
큰아가 머리에다 윤태만 내자

597. 세월이 가기는 장여수 겉구요
우리 인상은 늙어지기가 바람결겉네

598. 세상천지가 살기 좋대서 소녀살러 왔더니
정그립구 임그리워서 나는 못살겠네

599. 가리왕산 산천이 돈디미만 겉다면
조선팔도 보이는 처녀는 다 내차지 아닌가

600. 공산 삼십에 비삼십은 길이네 목으루 남기구
청갈보나 쓸만한거는 유명산이 앞으루 남기지

601. 금수강산이 그렇게두야 살기 좋다더니
돈씨다가 똑 떨어지니는 시가다 나이로구나

602. 술 잘 먹구야 돈 잘씨던이 구재산 친구
한양성에 가시더니만 종무소식이라

603. 한마두 합니다 한마두만 합니다
여러분덜 배우져구루 아라리 한마두 합니다

604. 해달으는 일식월식에 삼재팔란 겪는데
돈씨던 남아가 돈 떨어지니는 만고 풍상 겪네

605. 가는에 당신은 잘 가시련만은
이곳에 있는 이몸은 뼈꼴이 단풍드네

606. 가는에 나를야 부뜰지를 말구
석양에 지는 저해를 부짭어를 주게

607. 닭이 울구 날이 새니
그대와 날과는 이별이로구나

608. 둘이나 사다가 혼저만 사니
샛별겉은 두눈에 잠아니 와요

609. 앞남산 멍에머리에 저 부엉이는
무남독녀 외딸을 잃고서 또 부엉부엉

610. 우리야 두리야 요렇게 질긴 정분이
빨라줄 보다간두야 또 짤러졌네

611. 임자 당신이 나를 보구서 진곤이 가실라거든
삼삼억수 드는 칼루 내목 치구가요

612. 화살양골연 피운 뒤에는 담뱃재나 있지만
당신이 오셨다 간뒤엔 자추도 없네

613. 동산 중허리 도는 안개는 눈비가 오려구 돌었지
저 문전에 도는 건달은 누구를 보려고 도나

614. 둥둥재 말랑에 새조밭 타는 저 총각
눈치만 빠르거던 울님에 술잔 받어먹게

615. 우리님 얼골에 보석이 박혔나
침침칠야 야삼경에도 전기다마로다

616. 우리집에 불붙은건 소방대꾼이나 끄지만
이내 가슴에 불붙은건 어느 누가나 끌까

617. 임보러 갈라구 곱게 비슨 머리
그 몹실년들의 돌개바람이 다 헝클어 놨네

618. 정선읍내 은행나무야 은행이나 담뿍 열어라
은행따루 가는 핑계루 임마중 가자

619. 칠팔월 도라지 꼬트는 바람에 살짝 넘치고
총각색씨 기름에 머리는 제멋에 살짝 넘치네

620. 한치뒷산 곤드레딱쭈기 이새지 말어라
너뜨두루 가넌에 핑계 임상봉 가자

621. 두리 자다가 내 혼저 자니
옆품이 산박을 해서 잠안이 온다

622. 바연히 알미서 말못하는 당신은
차라리 버릴나면 맺지를 마지

623. 시구야 틀버두 막걸리가 좋구야
매를 맞어서 죽는대두 본 낭군이 좋구나

624. 아리아리랑 아리아리랑 네가 앓지 말어라
네 앓는 병진해는 내가 진맥하리

625. 우리두 언제나 유정님을 만네서
짜른 밤을 길고 길게두 또 새워볼까

626. 이리오게 이리루 오게 내옆으로 오게
　　수삼년 그립던 손목을 다시 잡어보세

627. 저게 가는 것으는 임 같것마는
　　도척이 아니거든 날이나 좀 보구가게

628. 정선읍내 유리영창에 전기다마는 빛결
잃었는데
　　당신은 어데로 돌아서 내방에 왔나

629. 하루밤 맺은 정분도 임은 임이라는데
　　노중상봉에 만난 그님은 임이 아니냐

630. 네두 안고 나두 안고 단두리 꼭끌어 안고서
　　박연폭포수 돌 궁글드시 돌돌 궁그러보자

631. 실죽에 밀죽에 댕길줄이나 알었지
　　사람으 근경을 왜 그리 몰러주나

632. 안수해 접수화 해수혈인데
　　당신이 나를 보구서 그저 돌어갈손가

633. 알롱족하에 질롱아저씨 문고리 동세
　　홀홀 벗구서 더벼든다면 골벌사람 누구냐

634. 앞남산천에 청송아리 보구 못따먹는건 그대
다람쥐 아니냐
　요렇게 곤색씨 옆에 두고 말 못하는건 그대
남아로다

635. 옆집에 샘물이 좋아서 물 이루 갔더니
　그집 총각사정이 외루어 빨래돌을 비었네

636. 삼베질삼 못한다구야 날 가라구 마시고
　호랑계모 어린신랑 구실이나 하여요

637. 우리부모 근네주던에 오복수 댕기
　곤때도 아니 묻어서 앞사주가 왔네

638. 뛰뛰빵빵 나이롱버스를 유지야 신사만 타는가
　산수갑산 감재바우두 돈만 있시면 타지

639. 신곡조 아리랑도 좋다지만은
　구곡조 아리랑을 버릴 수 있나

640. 한치뒷산에 떡갈잎이야 옥양목 광목만 겉다면
　조선천지에 우리 백성이 맘놓고 사지

641. 고향이 또 따루 있겠소

가는데 족족 정만 들며는 고향이 아니요

642. 기차 전차가 떠날적에는 철로공고리 울구요
우리님이 떠나갈적엔 아가씨가 울어요

643. 우리집에 오빠는 군대생활을 갔는데
샛별같은 우리 올캐는 독신생활해요
644. 웬성화지 웬성화지 웬성환가
한오백년을 살자는데 웬성화지

645. 종달새가 울거든 봄이 온줄 알구요
하모니카를 불거든 내가 온줄 알어라

646. 정든님에 지낼 동안은 이별이나 말구
서방님 저골에 달빛이었오

647. 삼십육년이나 피지못허던 무궁화꽃도
이즘은 팔월중도 피게한다 했지요

648. 화류계 여자가 사람이나 된다면
전화대 꼭대기도 목단화가 피잖소

649. 육칠월 감재싹두 삼재팔란을 졌는데
인간인생은 평생을살다보니 만고풍상 졌네 격 격

650. 암탉의서방아 계란의조부야 니울지를 말어라
내집에 오셨던손님이 자취없이 간다

651. 아우라지 각지지목으는 인천항구로 망정하고
가련만
이내몸으는 망정도없이야 어드루 가나

652. 우리부모가 날키워서 정선읍에
보통학교 졸업시켜 준다더니
졸업은 못시켜줄망정 임이나 골라주지

653. 당신겉은 얇은봉녁에 가다마이한번 입겠소
석세베 곤방주적삼 가마야가다마이대루 입구요
호미자루 낫잘구는 만년필대루 쓰세요

654. 세모재기 메모쌀에 네모재기 강릉쌀이
부랄같은 통노구에 오글박짝 끓는데
그대당신은 어드루갈라구 보선신발 해요

655. 강물은 돌구돌아서 바다로 가는데
서울에대학생 돌구돌아서 봉정리를 오셨소

656. 맘에도 뜨제도 아니 먹었는데
대학생들이야 이렇게오시니 만방 창망이오

657. 넘어간다 넘어간다 아라리 넘어간다
이장님 한테루 아라리 넘어간다

658. 건너갑시다 건너갑시다 아라리 건너갑시다
육십넘은 형수한테 아라리 건너갑시다

659. 그것도 아니고 이것도 아닙니다
이놈의 목숨이 너무 길어가지고
여러분들 앞에야 소리를 한마디 합시다

660. 남의집 낭군은 사향내가팔팔 나는데
우리집 낭군은 땀내만 나누나

661. 노다가 죽어지는 것은 시내야강물 고기고
일하다가 죽어지는 것은 우리야 농민이요

662. 만첩산중 꽃나비는 왕거무줄이 원수라
지금에 젊은애청년은 대동아전쟁이 원수라

663. 우편소 배달부가 급살병을 맞았나
우리님 편지는 왜 아니 오나

664. 강원도 금강산 제일가는 소나무
경복궁 대들보로 다 나가네

665. 논밭전지 번뜻한거는 신작로로 나가고
기집아새끼야 씰 만한거는 기상으로 나간다

666. 갈길이 바빠서 닥구시를 탔더니
되지못한 운전수가 히야까시 하네

667. 정선에 옥례봉꼭대기 뻐꾸기소리만 들리고
정선읍에 요리집문전에 떼갈보소리만 들려

668. 우불탕 우불탕 왜나팔 소리
이십이년 군사가 발맞춰 가네

669. 반달같은 우리오빠는 국방경비대 갔는데
샛빌같은 우리올케는 독신생활 한다

670. 앞산아 뒷산아 왜무너졌나
신작로 나라고 무너졌지

671. 신작로 우에는 닥구시가 가고
닥구시 안에는 운전수가 노네

672. 운전수 무릎팍에는 양갈보가 놀고
금시계 안에는 세월이 가네

673. 천질에 만질에 망치품을 팔아서
술집갈보 치마밑으루 다들어가구 말았네

674. 세상천지에 만물지법을 다잘마련 했거만
존비 귀천은 왜마련했나

675. 넓구넓은애 마당신작로 백성이닦다 말잖소
하이칼래 상구야머리는 맨날공치사 맙시다

676. 금전을 가지고 연애를 한다면
은행소야 조합자는 색씨회수 하겠네

677. 정선읍내야 일백오십호 몽뚱 잠들어라
임 호장네 맏딸다리고 성마령 넘자

678. 남중에 호걸을 볼라면 함흥에 유치장 가고
여자 일색을볼라면 고무공장을 가거라

679. 원수로구나 원수로구나 철천지 원수로구나
악마같은 삼팔선이 원수로구나

680. 놀구먹는 일자신사도 우리언설 들어요
오리농부 애타느니는 다곪어 죽어

681. 나라땅을 빌고빌어서 신작로를 닦는데
하치못한 처녀몸을 못빌릴수 있나

682. 꼴두바우 중석허가는 다달이연년이 나는데
촌색씨 잠자리허가는 왜아니 나나

683. 당신은 아무리 잘나도 금전에 팔린 몸이요
이내몸은 이렇게 못나도 돈쓰던 남아다

684. 수양산 연초지목이 돈떼미만 같다면
납돌 천지에 드러나 여자는 내혼자돈띠기 다하지

685. 아리랑 고개다 정거장 짓고
오시는님이야 가시는님이야 쉬서나 가지요

686. 아리아리랑 아라리요 아리랑고개는 웬고갠지
넘어만 가면 올줄을 몰라

687. 아리랑 고개는 웬 고개냐
넘어가고 넘어올적에 눈물만 흘리네

688. 아리랑 고개는 열두고개가 아니냐
우리들이 넘을 고개는 땀고개가 아니냐

689. 아리랑 고개는 열두고개라는데
마지막 고개는 넘어가지 마세

690. 우리집 안늙은이가 진짜로 불쌍하구나
네발거리 베틀우에 베짜다 늙어죽었네

691. 우리집에 시어머니는 삼베질쌈을 못한다구서
날가라구 해도
삼베질삼을 아니나해두야 요만침은 사리

692. 개구장나물을 뜯어가지구 열식구가 살았는데
삼베질삼을 해가지구서 백만장자 되었네

693. 일강릉 이춘천 삼원주 난리가 난다고 파발이
발발 오는데
그대 당신과 만나지 못함이 평생 소원이라네

694. 아라리 말년에 신작로 나고
신작로 말년에 난리가 났네

695. 남산밑에 신작로는 일본놈의 조화요
산골처녀 바람난건 총각낭군의 조화라

696. 목구멍너머야 신작로는 막걸리주사가 다니고

배꼽밑에야 신작로는 군사나라가 댕긴다

697. 허공중천에 소리개뜨더니 병아리 간곳이
없고요
기차전차 떠나가니 정든내 간곳 없네

698. 솔보둑이 쓸만한 것은 전봇대로 나가요
논밭전지 쓸만한 것은 신작로로 나가네

699. 동지섯달 문풍지는야 널리리만 찾구요
전봇대 뚱딴지는 모시모시만 찾는다

700. 역발산 기개세하는 항우같은 장사도
금전이나 없고보며는 정말 얼굴 못써요

701. 정선읍내 싸이롱은 시내를 울리는데
금전의 악마는 인생만 울려

702. 술잘먹고 돈잘쓸적에 긴상복상 하더니
술안먹고 돈안쓰니는 김서방 박서방하네

703. 이산저산에 도라지꽃으는 바람에나 펄펄
날리고
하이칼라 상고머리는 지멋에 펄펄 뛰친다

704. 정선사십리 발구럭십리에 삼산한치 인데
의병난리가 났을 때도 피난지로다

705. 금도싫고 은도싫고 문전옥답 내다싫어
만주벌판 신경뜰을 우리조선 주게

706. 산차지 물차지는 총독부에 차지요
이내몸 차지는 누차지가 되나

707. 삼베질삼을 못한다구서 날가라 하더니
당신은 띠바리공장에 식사반장 왜하나

708. 저산에 임목허가는 연년이 나는데
총각색씨야 잠자리허가는 왜아니 나나

709. 간다 간다 내가 돌아를 간다
쓸쓸한 이곳을 버리고 내돌아 간다

710. 동경 대판이 을매나 좋길래
꽃같은 아내를 두고서 연락선을 탔네

711. 문전에 옥답을 다팔어 먹고
쌀쌀한 북간도 돈벌러 가자

712. 문전에 옥답을 어데다 두고
수천리 타향에 나여기 왔나

713. 남으집에 머슴을 살루러 일년 삼개월 살아보니
정월이라 초하룻날두나 땔나무 해오라하네

714. 정선읍내야 일백오십호 첫잡들어 주세요
부잣집 맏며느리다리고 성마령 넘자

715. 정선군청에 농업기수가 다어드루 갔는지
촌색씨 손바닥 검사는 왜아니 하오

716. 반달같은 우리오빠는 대동아전쟁 갔는데
샛별같은 우리올케는 독수공방 지키네

717. 장개가구야 첫날밤에 소집장을 받구서
뒤돌아 보니는 대성통곡하네

718. 이탄백탄에 원지백탄이 그다지도 무수워
땡삐같은 일본인이 줄행랑하네

719. 육발이 미군들은 계급장이나 붙이지
남의집 유부녀에게 왜 말붙여

720. 난리는 난대요 전쟁은 난대요
알뜰히 살뜰히 살림살기가 영판다 글렀네

721. 난리는 난다구 신문에도 났는데
우리야 삼천만동포는 한데 모여 삽시다

722. 우리집 낭군은 삼팔선전투 갔는데
하눌님이 감동하셔서 몸성히 댕겨오세요

723. 세상천지야 만물지중은 다잘 마련했던만
총칼로 사람잡으라 어느 누가 했나

724. 황새여울 된꼬까리는 최복기 지우던 그여울
언제나야 다시 돌아와서야 그 여울 지워보나

725. 삼십육녀간 피지 못하던 무궁화꽃으는 다시
활짝 폈건만
대한민국 남북통일은 언제나 되나

726. 울타리 밑에다 칠성단을 놓고
하루빨리 남북통일을 빌어나 보자

727. 우리야 고향은 부령도 청진
언제나 통일이 되어서 환고향 하나

728. 웃대화 아랫대화 월정구짜 오대산
일본말루 기미대화 논밭전지 좋구좋구

729. 씨구씰만한거는 고속도로구 나갔구
시방시체 촌처녀는 식모살이루 나간다

730. 우리정자야 우리정자야 삼사년이 되어도
고향땅을 못들어 오고서 에미간장 타네

731. 요놈의 지게가 나하고 인연이 났는가
육십년이 지구나서도 만날 져달란다

732. 노다가 죽어져도 지아니 원통타는데
사시장창 일하다 죽으니 얼마나 원통한가

733. 황새여울 된꼬까리에 떼를지어 놓았네
만지산의 전산옥全山玉이야 술상차려 놓게

734. 정선이 좋다하여도 딸주지는 말어라
강낭밥 사절치기에 어금니 다 빠졌구나

735. 밥 한 냄비를 잘잘 볶아서 연눔이 다 처 먹고오
갓내이하고 나하고는 제녁 굶어 잔다

736. 아우라지 건네갈적엔 아우러만 졌더니
가물재 넘어갈적엔 가물감실허구나

737. 신작로 굽이굽이 뽀뿌라나무
다꾸시 바람에 꾀꼬리단풍드네

738. 어린아이는 젖달라구선 발버둥질만 하구요
늙으네 개잡놈은 술집문전에 양산도만 찾는다

739. 아들딸을 키울적에는 호강하자구 키웠지
호강한번 못해보고 오십이 덜컥 넘었네

740. 백발이 오지말라고 가시야 성을 쌓더니
고몹씰 호호백발이 앞을 질러 왔구나

741. 갈보집 마당에 늙은 잡놈이 놀거든
그갈보 신세도 다된줄을 알아요

742. 개구장가에 포름포름에 날가자구 하더니
온산천이 아우러져도 날가자구 안하네

743. 우리님 얼굴을 못보셋거든 칠팔월
호박꽃이나 보구나가게

744. 심심산곡에 참매미 소리는 내듣기 좋아도
청춘과부 한심소리는 내 듣기 싫더라

745. 한치뒷산에 곤드레딱주기 나지미 맛만 같다면
고것만 뜯어먹어도 봄살아 나죠

746. 이북에 김일성이야 얼른 두손 들어라
대한민국 육해공군이 잠만 편지 자자

747. 배기산 붉은 벼리야 니 뭘먹고 사나
이북의 김일성이를 톡찍어가거라

748. 요렇게 잘난 우리 낭군을 국방군에 보내고
만장같은 밤한철을 나홀로 앉았네

749. 찬도도치 참나물은 내가 뜯어 줄테니
잔솔밭 한줌허리로 날만따러 오세요

750. 시모시 고깔에 연잎 수건을 쓰고
고개만 까딱하고 날 호려든다

751. 줄 듯 말 듯이 안주는 저 색시야
삼오시오 열다섯에 모발이 덜컥 쉐라

752. 천리로구나 만리로구나 수천리가 안니냐
것에 두고 말못하니 수천리로구나 곁

753. 술으는 술술술 잘도 넘어가고요
찬물의 냉수는 중치에 미인다

754. 우리님 사진에는 금보석이 백혔나
아닌 밤중에 보아도 간드레 불일세

755. 울밑에 졸던 닭으는 모이나 주면 오지요
저 건네 큰아기는 뭐를 준다면 오시나

756. 초지녁에 우는 닭은 우리집 영화가 오련만
새복에 우는 암탉은 백만장자가 달아나네

757. 이번 재판에 못이기며는 만국 재판을 하여도
말한마디만 잘하고 보이며는 평상 연분된다.

758. 색시 처녀 할적에는 총각 원도 풀더니
남우집 가문에 드니 원못 풀어 줄더라

759. 나물 광지리 옆에 끼고야 강가으로 갈거니
낚숫대를 질질 끌고서 내뒤만 졸졸 따르라

760. 두리봉 겉이두야 두텁던 정이
풀잎에 이슬 겉이두 다 떨어지네

761. 논두렁 꽃이나 밭두렁 꽃이나 꽃은 꽃이 아니냐
후낭군이나 본낭군이나 임은 일반이다

762. 곰방와 곤니찌와 민나 혼또데스요
사요나라 이끼마시다 나는 돌아갑니다

763. 막걸리 한잔은 빚을 지고 살아도
아라리 한마디에 내가 빚을 지겠나

764. 못먹은 막걸리 한잔을 내가 마셨더니만
아니나던 색시생각만 저절로 난다

765. 막걸리 맛은야 종전대로 인데
주인 아주미 매음은 변한 것 같네

766. 갈보야 질보야 몸걸레질 말어라
돈없는 백수야 건달이 애가말러 죽는다

767. 요놈의 총각아 일어나 가거라
동살이 푸름푸름에 날 밝아온다

768. 신작로가 널러서 자동차 댕기기 좋고
나의 품이 널러서 군서방두기 좋네

769. 오늘 갈지 내일 갈지 뜬구름만 흘러도
팔당주막 들병 장수야 술판벌여 놓아라

770. 참나무 옥지게에 낫갈어 꽂고
뒷동산 색시무덤에 삼오제지내러 가자

771. 꼬치밭 한골을 못매는 저여자
여덟팔자 눈썹은 썩 길겄구나

772. 속에다 불담는 것은 시누올캐아니냐
내속풀어 주는 그대는 낭군님이 아니냐

773. 날가라네 날가라네 날가라하네
삼베질쌈을 못한다구야 날 가라하네

774. 밥먹다가 먹기싫으면 개나주면 되지
임한번 잘못만나니 백년웬수로다

775. 암탉의 서방아 빙아리 얼신에 훼치지를 말아라
니가 울면 날이 새구서 임떠나 가신다

776. 지작년 봄철에 되돌아 왔는지
뗏사공 아제들이 또 니려 오네

777. 아라리 잘한다는 고덕명이
한대골 저편에 쓰러를 졌네

778. 임계봉산에 설레달탄에 물색이 고와
양자주 끝고름에 사람 환장시키네

779. 제남문 제적은 앞사공이 하고요
아가씨 중등 제작은 거 누가 하는가

780. 신작로가 널려서 다꾸시 돌리기 좋고
사랑방이 널러서 안구돌기가 좋네

781. 우리님 얼굴에 금보석이 박혔나
포근폭신일던 몸이 절골이로구나

782. 청천하늘에 뜬 기럭아
나의 소식을 전하여 주게

783. 고꾸지 드가며 휘파람 부지 말아라
꽃같은 우리 마루네 쌩과부 된다

784. 인생의 막장은 함백탄광인데
힘대힘대로 일해서 잘살아보세

785. 니잘라니 내잘랐니 싸우지를 마러라
병방간 우리서방님 되돌아온다

786. 샛별같은 우리오빠는 경비대 국군 갔는데
반달같은 우리올케는 독수공방 지키네

787. 말잘하는 이순풍도 실수는 있는데
대한의 남아라고 실수가 없나

788. 돈도 싫고 사랑도 싫고 만사가 싫어라
속고속는 이세상에 살기도 싫네

789. 남포등잔에 불을 달아서 이칸저칸 삼칸방에
별절리듯 했는데
임자당신은 어데를 돌아서 내방에 왔나

790. 해나무 도악아 유절권머리
가달가달 모습모습이 멋이 들었구나

791. 총각낭군이 사다주던 양갑사초마
입었다가 벗었다가 다 떨어졌네

792. 내왔다 간뒤에 동남풍이 불거든
내왔다 가느라고 한숨쉰줄 아노라

793. 이칸저칸 상칸 툇마루 일월이 비추기 쉽지
당신이 내방에 오기는 천만 이우로다

794. 네날 짚신에 육날미투리 신돌레 짤끈 매고
문경세재를 넘어가니는 눈물만 팽팽 도네

795. 베루도치마 호박단저고리 말등에 졸졸 끌고서
스발스치 장둥빠는 제멋에 짤라 매노라

796. 여다지 쌍다지 미닫이 문을
가만살짝 드러닫어도 소리만 나네

797. 뗏사공이 되며는 가시면 못오나
물우에 흰구름 뜨듯이 둥실둥실 떠가네

798. 모란봉 부는 사람은 살랑살랑 불어라
능라도 수풀속에 봄비가 온다

799. 석간石間에 퐁퐁쏫는 화암의 약수는
마시기만 하며는 불노장생 한다네

800. 구슬동천 화암약수는 신비도 하구나
마시기만 하며는 만병통치 한다네

정선 엮음 아라리

1.　　우리집 시어머니 삼베 질삼 못한다고 울타리
　　꺾어서 날 때리더니
　　　한오백년 못 살고서
　　　돌아를 가시니 지근이 원통도 해요

2.　　우리집 시어머니 날 삼베 질삼 못한다고
　　　앞 산과 관솔괭에 놓고서 날만 쾅쾅 치더니
　　　한오백년 못 살고서 북망산천 가셨네

3.　　앞으로 보니 옥니 배기 뒤로 보니 반꼬두머리
　　　번들번들 숫돌이마 박죽 잘글 툭툭 차던 우리
　　시어머니여
　　　공동묘지 오시라고 호출장이 왔네

4.　　동네 어른들 들어 보세요
　　　우리 시어머니 뒤로 보면 왕대골 앞으로 보면
　　숫돌님
　　　고리눈은 전등팔옥이배기 주개택 자래목
　　등곱새
　　　배불래가 수중다리 밥자루 쥐고야 날 때리더니
　　　강림도령 모셔 가더니 지금도 소식이 없어요

5.　　숙암宿岩 단임 봉두군蜂頭群이 세모재비
　메밀쌀
　　　사절치기 강낭밥 주먹 같은 통로구에 오글
　박작 끓는데
　　　시어머니 잔소리는 부싯돌 치듯하네

6.　　아들 딸 낳지 못해서 강원도 금강산 찾아가서
　일만이천봉 팔
　　　만구암자 마디 봉봉蜂蜂 마루 끝에 찾어 가서
　칠성당을 뭉아
　　　놓고 주야 삼경에 새움의 정성에
　치성불공致誠佛供을 말고 타
　　　간객지 떠다니는 손님을 푸대접 말게

7.　　강원도 금강산 일만이천봉 팔만구암자 자자
　봉봉에
　　　칠성당을 모아 놓고 겉 돈 벌라고
　산제불공山祭佛供을 말고서
　　　힘대 힘대 일을 하여 자수성가합시다

8.　　네 팔자나 내 팔자나 두동베개 마주 베고
　　　북통 같은 젖을 안고 잠자보기는 오초강산
　일글렀네
　　　마틀 마틀 장석자리에 깊은 정 들자

9.　　　네 칠자나 내 팔자 네모 반듯한 왕골방에
　　　샛별같은 놋요강 발치만큼 던져놓고
　　　원앙금침 잣베개에 앵두 같은 젖을 빨며
　　　잠자보기는 오초강산에 일글렀으니
　　　엉툴 멍툴 장석자리에 깊은 정만 두자

10.　　　산진매 수진매야 허공중천에 뚝 떠나가는
　　　밤보라매는
　　　훨훨 날아 이산 저산 넘어 깊은 산중 고목 남에
　　　하룻밤을 쉬어나 가는데
　　　이내 몸은 훨훨 날아서 갈 곳이 없네

11.　　　산진매 수진매 휘휘칭칭 보라매야
　　　절끈 밑에 풍경 달고 풍경 밑에 방울 달아
　　　앞남산에 불까토리 한 마리를 툭 차가지고
　　　저 공중에 높이 떠서 빙글뱅글 도는데
　　　우리집 저 멍텅구리는 날 안고 돌 줄 왜 몰라

12.　　　당신은 날 마다고 갈 적에 시치고 빼치고
　　　행주치마 둘러치고 분홍치마 메치고
　　　앞문치고 뒷문치고 앞벽치고 뒷벽치고
　　　열무김치 칼로 툭 쳐
　　　소금치고 오이김치 초치고 가장에 야단치고
　　　날마다고 가더니 영월 평창 다 못가서 날
　　　찾어왔네

13.　　　당신이 날 마다고 울치고 담치고 열무김치
　　　소금치고
　　　　오이김치 초치고 칼로 물 치듯이 뚝
　　　떠나가더니
　　　　창 팔십리 다 못가고서 왜 또 돌아왔나

14.　　　우리댁의 서방님은 잘났던지 못났던지 눈 한짝
　　　까지고
　　　　리 한짝 부러지고 곰배팔이 매장치고 조선팔도
　　　　구경을 갔는데 삼사촌만 놔두고는 내 배만
　　　타러오게

15.　　　정선읍내 물레방아는 일삼삼 삼육 십팔
　　　마흔여덟 살
　　　　물네 개의 허풍산이는 물살을 안고 비빙글
　　　배뱅글 도는데
　　　　우리집 서방님은 날 안고 돌 줄을 왜 모르나

16.   우리집의 서방님은 잘났던지 못났던지
　　　얽어매고 찍어매고 장치다리 곰배팔이
　　헐께눈에
　　　노가지 나무 삐덕지게 부끔떡 세조각을 새뿔에
　　바싹 매달고
　　　엽전 석양 옷짐 지고 강능 삼척으로 소금 사러
　　가셨는데
　　　백복령白茯苓 구비 부디 잘 다녀오세요

17.   영감은 할멈치고 할멈은 아치고 아는 개치고
　　개는 꼬리치고
　　　꼬리는 마당치고 마당 가역에 수양버들은
　　바람을 맞받아 치는데
　　　우리집의 당신은 낮잠만 자느냐

18.   우리네 서방님은 잘났던지 못났던지
　　　안안팍 곱사등이 한짝다리 장치다리 한짝팔은
　　곰배팔이
　　　북통배지 장구통 대가리 벼룩 먹은 당나귀에
　　은전 한짐 짊어지고
　　　영월청천 꿀두바우에 화토재치러 갔는데
　　　이십공산 삽십대비만 펄펄 일어주게

19.   정선읍내 영월 평창 꼴두바우 길주 명천
고사리당골로
       돈벌러 가신 낭군은 돈이나 벌면 오잔소
       북망산천에 가신 낭군은 언제나 오나

20.   너나 내가 죽어지면 석세베 한 필에 돌돌 감아
       노가지 나무 열두 대 설흔두명 우대군에
북망산천 찾아갈제
       어호넘차 올라가서 발락 자빠져 폭폭 썩어질
인생들
       이후 맘일랑 도척같이 먹지를 맙시다

21.   니나 내가 죽어지면 오동나무 댓가래
       전나무 연춧대 둥글넙적 짐을 실고
       공동묘지 떠둘러 메고 땅에 폭 파묻혀
죽어지면 그만이 아니냐
       남 듣기 싫은 소리를 멋하러 하는가

22.   너 칠자나 내 팔자나 한번 여차 죽어지면
       겉매끼 일곱매끼 속매끼 일곱매끼 이칠이 십사
열네매끼
       참나무 댓가래 전나무 연춧대 수물두 상두꾼에
너호넘차
       발맞추어 시방시대 개명말로 공동묘지
석자서치
       홍대칠성 깔고 덮고 척 늘어지며는
       어느 동기 어느 친지가 날 찾아 오나

23.   석자보명 허리띠를 한복판에 찔뚝 부뜨러 매고
       웃그림바우 아랫그림바우 오르내리더니
       대꼬바리만큼 총각놈의 새끼들 욕을 하지
말아라
       너보다가 우지신사도 신갈보라고 한다네

24.   강원도 금강산 일만 이천봉 팔만 구암자
       재재 봉봉이 칠성단을 무어놓고
       아들딸 나 달라고 산제 불공을 말구서
       야반 삼경에 오신님을 괄세를 마라

25.   니나내나 죽어지면 육전장포 찔끈 묶어
       소방산 대틀 위에 덩그렇게 떠들어 메고
       상두꾼아 발 맞2춰라 초롱꾼아 붙들어라
       어호넘차 다 버리고 사실 공동묘지
       홍대칠성 깔구 덮구 살짝 누어가며는
       푹 죽어질 인생을 알뜰한 싫은 소리두 하지두
마소

26.   니 칠자나 내 팔자나 얇은 복녘에
       이불 담뇨 깔구덮구 잠 자보기는
       오초일강산 글렀구나
       마틀마틀에 장석자리다 깊은 정이나 나누자

27.   미화돈 한치야 금바위 고리는
       스무고리가 이십사시간 고장이 옵시 잘두나
찧더라
       우리집에 외공이 방애는 왜 그리 고장두 많나

28.   사절치가 강낭살이요 삼절치기 콩무거리
       이절치기 갑산태밥을 통노구에다 오그레 밧짝
끓여나는데
       지속 읍는 간부 낭군은 어디루 갈라구
버선신발 하나

29.　수자린지 제자린지 예드옛적 병절인지
　　　묘앞에 제절인지 나는 몰렀드니
　　　네까지 잡년이 무슨 수절하나

30.　우리집의 서방님은 잘났던지 못났던지
　　　씨구씨구 모재씨구 깎구깎구 머리깎구
　　　밑맨미투리 딱거미신구 메물볶음떡 세반제기
　　　한짐잔뜩 걸머지구 웃짐지구 덧짐지구
　　　대화방임 원주대벌루 삼촌에 도부갔는데
　　　백복령 굽이굽이 부디 잘 다녀오세요

정선아라리 밖
강원도 아리리

원주 아리랑

서산에 지는 해 지고 싶어 지며
당신 두고 가는 내가 가기 좋아 가나

아침에 만나면 오라버니요
저녁에 만나면 정든 님일세

주재소가 멀어서 화투치기 좋고요
님의 품이 넓어서 잠자리가 좋아라

동산에 진달래가 필듯말듯
우리의 사랑은 필듯말듯
문전옥답은 왜 다 팔고
쓸쓸한 타향길 떠나려 한다

술집의 아주머닐 친하고 보니
냉수만 달래도 청주만 주네

강릉 아라리

오천만 가지 농사법은 잘두나 냈는데
젊은 과부 수절법은 누가 냈나

명사십리 해당화야 꽃진다고 서러마라
명년 춘삼월 다시 보네

산천초목은 나날이 젊어 가는데
우리 인생은 늙어만 가네

영월 아리랑

세월이야 가는 길은 흐르는 물결 같고
인생에 가는 길은 바람결이구나

사람아 광풍을 부지를 말어라
동풍에 나이작이 다 떨어지네

넘겨나 줄 마음은 얼마던지 있지마는
칭칭도 시하래서 못넘겨 주겠네

당신이 날만큼에 생각을 하면
가시밭이 천리라도 발 벗고 가요

당신이 죽던지 내가 죽던지 무슨 야단이 나야지
요다지도 매정스러워 살 수가 있나

삼척 아라리

불원천리 장성 땅에 돈 벌러 왔다가
꽃같은 요내 청춘 탄광에서 늙네

작년 간다 올해 간다 석삼 년이 지나고
내년 간다 후년 간다 열두 해가 지났네

문어 낙지 오징어는 먹물이나 뿜지
이내 몸 목구멍에는 검은 가래가 끓네

누루황 자 못지 자가 황지라고 하더니
거칠황 자 따지 자로 황지가 됐네

연못에 금붕어는 물이나 먹고 살지
황지에 사는 사람 탄가루 먹고 살지

황지 연못 깊은 물은 낙동강의 근원이요
깊은 막장 검은 탄은 먹고 사는 근본일세

강원도라 황지 당에 돈이나 벌러 왔다가
돈도 못 벌고 요모양 요꼴이 되었네

정선아리랑

진용선

1. 성격과 특성

1) 긴아리랑과 엮음아리랑의 조화

오랜 옛날부터 정선은 해 뜨자 해 넘어가는 두메산골이었다. 정선 사람들은 하루하루 고달프고 쓸쓸한 삶을 정선아리랑 가락에 담아 풀어나갔다. 첩첩 산골에 묻혀 사는 설움, 시집살이에 대한 버거움, 어리거나 늙은 남편에 대한 원망과 그리움 등을 구성진 가락으로, 때론 풍자와 해학으로 달래며 살아 왔다.

정선아리랑은 발랄하면서도 흥겨운 밀양아리랑이나 신명과 장중함이 어우러진 진도아리랑과는 달라도 가파른 산비탈에서는 노동의 고통을 덜어주었고, 잔치 때면 덩실덩실 어깨춤에 어우러지는 소리였다. 새록새록 잠든 손자 손녀에겐 자장가가 되었으며 남녀 간엔 말 못할 사랑을 주고받는 언어가 되기도 했다.

숱한 세월을 거쳐 오는 동안 시시때때로 만들어지고 다듬어진 정선아리랑 가사는 지금 채록된 것만 해도 만 여 수에 이르러 세계 단일 민요 가운데 가장 방대하다는 평가를 받고 있다. 그 소리는 기교나 화려함과는

거리가 멀지만 가난하면서도 낙천적으로 살아온 정선 사람들의 정서가 시대마다 서로 다른 빛깔로 고스란히 쌓여 삶의 퇴적층을 이루고 있다.

정선 사람들은 이 같은 삶의 소리를 '아라리'라고 불러왔다. 아리랑 보다 아라리가 좋다는 데는 이렇다 할 뚜렷한 이유가 없다. 오랜 세월동안 지켜온 자신들의 소리가 다른 아리랑과는 달라도 뭔가 다르다는 뿌듯한 자부심 때문이다.

백두대간이 등줄기를 곧추세운 강원도 땅 곳곳에 '아라리'라는 이름이 많지만, 정선 땅에서 '아라리'는 세월이 흐르며 '정선아리랑'이 되었다. 깊게 패인 노인들의 주름살도 아라리 가락을 닮았고, 빼곡한 산자락과 그 사이를 에돌아 흐르는 강줄기도 아라리 가락을 닮았다. 분명 정선은 아리랑의 고향이고, 정선 땅에서는 누구나 소리꾼이 된다.

정선 사람들에게 정선아리랑은 생활 속에서 저절로 귀에 익어 부르는 소리다. 아리랑이 무슨 뜻인지 조차 모를 때부터 말문이 열린 소리였다. 정선 땅 어디를 가더라도 정선아리랑 한 마디쯤 듣는 일은 그리 어렵지가 않다. 처음 만난 할아버지 할머니에게 소리를 청하면 누구나 못한다고 마다하지만 일단 부르기 시작하면 구구절절 한도 끝도 없이 계속 이어진다.

이들이 부르는 정선아리랑은 '긴 아리랑'과 '엮음 아리랑'으로 구성되어 있다. 가사가 느리고 길게 이어지는 '긴 아리랑'을 '자진아리랑'으로 조금 빠르게 부르기도 하지만, 일반적인 정선아리랑의 구조는 긴 아리랑이다.

> 정선읍내 물레방아는 물살을 안고 도는데
> 우리 집에 저 멍텅구리는 날 안고 돌 줄 왜 몰라
>
> 시아버지 죽어지니 사랑 넓어 좋더니
> 시어머니 죽어지니 안방 넓어 좋구나
>
> 아리랑 아리랑 아라리요
> 아리랑 고개고개로 나를 넘겨주게

들리는 소리라고 해야 새소리 바람소리뿐이던 옛날부터 정선아리랑은 삶과 밀접한 내용을 소재로 삼았다. 따라서 정선아리랑 가사의 내용은 대부분이 남녀 간의 사랑과 그리움, 시집살이의 고됨과 서러움 등 자신과 자신을 둘러싼 삶에서 비롯된다. 혼자 부를 때는 구슬픈 느낌이 들만큼 느린 소리지만, 여럿이 돌아가면서 부를 때는 해학적이고 원색적인 가사를 자진 가락으로 흥에 겨워 불렀다.

흔히 정선아리랑의 후렴으로 생각하는 "아리랑 아리랑 아라리요…"는 가사 뒤에 일정하게 따라붙는 후렴Refrain이 아니다. 소리를 둘이서 메기고 받다가, 또

는 여럿이 한마디씩 돌아가며 부르다가 자기 순서가
되어 갑자기 가사가 막힐 경우 노래판을 깨지 않기 위
해 부르는 소리가 "아리랑 아리랑 아리리오 아리랑 고
개고개로 나를 넘겨주게"였다. 이때는 같이 자리한 모
두가 함께 부르며 어울리는 소리가 되었다.

　긴 아리랑 가사에 다 담지 못하는 삶의 응어리는 사
설을 이야기하듯 촘촘하게 엮는 '엮음아리랑'으로 불
렀다.

　　　우리집의 서방님은 잘났던지 못났던지
　　　얽어매고 찍어매고 장치다리 곰배팔이
　　　노가지나무 지게위에 엽전석냥 걸머지고
　　　강릉 삼척에 소금 사러 가셨는데
　　　백복령 굽이굽이 부디 잘 다녀오세요

　　　영감은 할멈 치고 할멈은 아치고 아는 개치고
　　　개는 꼬리치고 꼬리는 마당치고 마당 웃전에
　　수양버들은
　　　바람을 휘몰아치는데
　　　우리 집에 저 멍텅구리는 낮잠만 자네

　　　네 칠자나 내 팔자나 네모 반듯 왕골방에
　　　샛별같은 놋요강 발치만큼 던져놓고
　　　원앙금침 잣벼개에 앵두같은 젖을 빨며 잠자

보기는
　오초강산에 일글렀으니
　엉툴멍툴 장석자리에 깊은 정만 두자

　앞부분은 사설로 가사를 촘촘 엮어가다가 뒤(밑줄 친
부분)에서는 다시 긴 아리랑 가락으로 부르는 엮음아
리랑은 서양음악의 랩Rap과 크게 다를 바 없다. 엮음
아리랑은 긴아리랑으로 풀어내지 못하는 삶의 해학과
흥겨움의 골계미를 갖추고 있다.

2) 가사 중심의 토속민요로 전승

　정선은 예로부터 두메산골로 다른 지역과의 문화적
인 교류가 활발하지 못했다. 이러한 지리적인 특성으
로 인해 사회 경제생활은 다른 지역에 비해 그리 낫지
못했고, 문화 또한 외부와의 단절 속에서 오는 독특한
양식을 오랫동안 갖게 되었다. 정선 지방은 거의 대부
분이 산악 지역이고 사람들이 모여 사는 마을도 산골
짜기에 드문드문 형성되었기에 의식주 생활 모든 면
에서 산간문화가 주를 이루는 것도 이 때문이다. 이러
한 정선의 독특한 문화는 정선민요의 대표 격이라고
할 수 있는 정선아리랑의 음악적인 측면, 즉 선율 구조
와 성역聲域에서 두드러지게 나타난다.
　정선아리랑은 선율적인 측면에서 보았을 때 '메나리

조'가 바탕이다. 대부분의 민요가 '라' 나 '미' 음으로 마치는데 비해 정선아리랑은 '레'로 시작해 '미'로 마친다. 후렴부의 '아리~~랑~'하는 부분만 보더라도 '미라솔미'로 되는데, 4도 올라갔다가 점점 떨어지는 선율은 메나리토리 선율의 전형적인 모습이다. 종지부의 '나를 넘겨주게'도 앞에서 '아리랑 고개 고개로'에서 상승했다가 떨어져 안정되는 선율을 보여주고 있다.

정선아리랑이 이처럼 메나리조의 느리고 구성진 선율 형태의 전형적인 모습을 띄는 것은 지형과도 깊은 관계가 있다. 불과 30여 년 전 까지만 해도 노동의 현장, 놀이나 의식에서 지금은 정선아리랑이라고 하는 '아라리'는 없어서는 안 될 요소였다. 일을 할 때 능률을 올리는 촉매제로서 부르는 노동요만을 놓고 볼 때 비탈 밭이 대부분인 정선 지방에서 가락이 빠르게는 부를 수 없었다. 빠른 가락은 유희 공간이나 특수한 노동 현장에서 불려졌다.

정선아리랑의 성역은 단7도(Dominant7)로 비교적 좁다. 강원도아리랑이 단8도, 밀양아리랑이 단11도인 점을 감안하면 좁은 성역이다. 이는 다른 민요에 비해 토속적이고 생활요로 계승되었다는 증거이기도 하다.

정선 땅에서 할머니, 할아버지를 만나 소리를 듣다 보면 대부분 아주 느리게, 편하게 흥얼거리며 부르는 모습을 볼 수 있다. 그러다가 여럿이 어우러지거나 흥이 나면 점점 빨라진다. 정선아리랑은 느리게 부르면 구음口音에 가깝고, 빠르게 부르면 전혀 다른 모습을 띈다. 정선아리랑을 접하는 사람들은 슬프게도 느끼고, 흥겹게도 느낀다. 한 가지 노래에 대해 여러 가지로 느낀다는 점은 정선아리랑이 그만큼 많은 정서를 담아내는 그릇과도 같기 때문이다.

가창 방식을 놓고 살펴봐도 정선아리랑은 독창獨唱과 선후창先後唱, 제창을 두루 선호하는 양상을 보인다.

평야가 많아 논농사를 주로 하는 지역에서는 한 사람이 소리꼭지(한 악절)를 부르고 나면 여러 사람이 같은 선율과 가사를 다 같이 부르는 선입후제창先入後齊唱의 민요가 많지만, 정선아리랑은 느린 가락의 소리를 한 사람이 부르는 독창獨唱이나 여럿이 부를 때 돌아가면서 부르는 교체창이 많다. 특히 후렴부를 부를 때는 다른 여럿이 같이 부르는 선후창先後唱 방식을 띠기도 한다.

정선아리랑이 대부분 독창이나 선후창의 양상을 띠는 것은 지리적인 특성과 농사 등 생활양식과도 관계가 있다.

정선아리랑을 언제 부르는지에 대해 정선의 할머니나 할아버지에게 물어보면 '혼자 있을 때'나 '심심할 때'라고 대답하는 경우가 많다. 산에 나물을 뜯으러

가거나 약초를 캐러 갈 때 혼자라고 하는 적막감을 떨쳐버리기 위해 부른다고도 한다. 여럿이서 나물을 뜯을 때는 여기 저기 떨어져 있어도 한 사람이 정선아리랑을 부르면 멀리 떨어진 다른 사람이 받아 이어 부르는 식이 되풀이되기도 한다.

정선이라는 고립된 공간에서 정선아리랑을 부르는 일은 혼자라는 자기 존재의 확인과 역설을 통해 현실을 극복하고자 하는 의지가 담겨있는 것이다.

다소 예외가 있기는 하지만 선율적인 측면에서나 가창 방식 면에서 나타나는 정선아리랑은 느리고 장중한 가락의 노래를 혼자 부르는 경우가 많거나 여럿이서 메기고 받는 방식이라고 가름 할 수 있다.

아리랑은 서양음악과는 달리 가사나 곡조가 일정하지 않고 상황에 따라 변하는 가변성이 많은 음악이다. 이러한 점은 아리랑이 삶의 질곡을 모두 담을 수 있는 민요로 자리 잡는데 크게 기여해 왔다. 다른 지역의 아리랑에 비해 가사에 추종하다보니 노랫말도 그만큼 다양하다는 것이 이를 증명해준다.

우리나라 아리랑 가운데 정선아리랑이 오랫동안 구전되면서도 명맥을 잘 이어가는 데는 정선아리랑이 이곳 사람들의 정서와 잘 맞아 떨어지기 때문이다. 음악적으로도 최고음과 최저음의 폭이 그다지 크지 않고 선율이 늘어지면서 단조로워 누구나 귀 익으면 즉흥적으로 가사를 만들어 무한정 붙일 수 있다. 게다가 모든 아리랑이 그러하듯 가사 자체가 두 줄로 비교적 짧다는 점은 부르는 이들이 쉽게 단어를 바꿔가며 가사를 만들어낼 수 있게 했다. 기본적으로 알고 있는 가사에 토씨를 바꾸고 단어를 바꿔가며 제 나름대로 만들어 부르다 보니 정선 사람들도 정선아리랑을 '찍어다 붙이면 되는 소리'라고 한다.

명확한 음계와 가사를 기본으로 하는 서양 음악과는 달리 정선아리랑을 가사 중심의 노래라고 하는 것도 이 같은 이유 때문이다. 지금도 정선아리랑은 옛날처럼 귀 익어 부르던 때의 발성법으로 노래하고 마을 사람들과 어우러질 때 흥겨워 부르던 식으로 가사를 만들어 내고 가락을 바꿔가며 부르는 전승 방식을 이어가고 있다.

창법과 함께 정선아리랑은 장단을 중시하기도 한다. 장단이란 음악작품의 전체 또는 일부분에 두루 나타나는 길고 짧은 음들이 박자, 리듬, 속도 등과 유기적으로 결합되어 일정한 정서적 색깔을 가지고 주기적으로 반복되는 리듬형을 말한다.

정선아리랑의 장단은 다른 지역의 음악과 구별되는 특징을 갖는다. 민속음악에서, 특히 통속민요에서는 장단을 드러내기 위해 장구 등과 같은 다양한 악기나 도구가 사용되기도 한다. 그러나 정선아리랑은 굳이 장구 장단이 없이도 조화를 이루는 토속민요 본래 모습이 대부분이다. 다만 생활 속에서 악기로 장단을 맞출 수 있는 것이라면 무엇이든 사용되었다.

시집 온지 사흘만에 바가지 장단을 쳤더니
시아버지 나오시더니 엉덩이춤만 추네

빈 지게 목발에다 작대기 장단 쳤더니
못하던 아라리 한마디 술술 절로 나오네

하두 심심하여 부지깽이 장단에 아라릴 불렀
더니
시어머니 녹두방정에 어린 아기가 깼네

시집 간지 삼일만에 부뚜막 장단을 쳤더니
시어머니 눈은 까재미눈이 된다네

아라리 났구나 지랄에 발광이 났구나
시어머니 마빡에다 소반장단 친다네

'바가지'와 '부지깽이', '지게작대기'는 정선아리랑
가사에서 자주 드러나는 장단의 도구가 된다. '부뚜
막'과 '시어머니 마빡'도 시집살이의 서러움을 삭이고
풍자하는 장단의 대상물이 된다. 예전에는 이와 같이
생활과 밀접한 자연스런 도구를 이용해 장단을 치거
나 대상물을 빗대 장단을 풍자했으나, 요즈음에는 장

구가 장단을 드러내는 도구가 된다.

장단은 박자를 기초로 하는 까닭에 박자를 떠나서는 제 기능을 발휘할 수 없다. 정선아리랑의 장단은 본절과 후렴이 각각 중모리 12(8분의9박자) 2장단으로 본절을 독창으로 부르면 후렴은 제창으로 부르는 장절 형식으로 되어 있다. 이와 함께 엮음아리랑은 본절은 4분의2에서 4분의3박자의 휘모리로 엮어 가다가 끝부분 일부와 후렴에는 역시 긴 아리랑에서처럼 중모리 12박자(8분의9박자)로 부르게 된다.

정선아리랑 장단은 서정적이고 감성적인 동시에 엮음에서는 강약으로 흥을 돋우는데 더할 나위 없이 알맞은 특징을 갖고 있다.

2. 가사와 내용

1) 사랑의 다양한 표출

우리나라 민요 가운데 정선아리랑만큼 온갖 시름을 다 담아낼 수 있는 큰 그릇이 없다는 사실은 가사의 내용을 눈여겨 살펴보면 쉽게 알 수 있다.

아리랑에는 사랑과 이별의 정서가 깃들어 있다. 지역은 달라도 우리나라 수많은 아리랑에는 사랑과 이별의 정서가 비단처럼 펼쳐져 있다. 정선아리랑 가사

1200수에는 남녀간의 사랑을 주제로 하는 가사가 70퍼센트 정도로 압도적으로 많다. 일반적으로 사랑은 짝사랑과 그리움에서부터 시작해 무르익은 사랑, 부부간의 사랑으로 분류할 수 있다. 정선아리랑 가사에는 풍자와 해학이 넘치고 이성간의 사랑을 소재로 한 것이 많다. 봉건사회에서의 짜릿한 자유연애, 위험천만한 외도, 어린 남편에 대한 불만 등을 토로하고 있다. 힘든 고통에서 잠시 벗어나는 돌파구가 될 수 있었다.

유교사회에선 애정의 표현을 함부로 드러내지 말라고 했으나 사랑은 속일 수가 없었다.

　　　앞산의 살구꽃은 필락말락 하는데
　　　우리들의 정은야 들락말락 하누나

　　　동산에 진달래가 필 듯 말 듯
　　　우리의 사랑은 필 듯 말 듯

　　　꽃 본 나비 물 본 기러기 탐화봉접 아니냐
　　　나비가 꽃을 보고서 그냥 갈 수 있나

　　　고추밭 매는 줄 번연히 알면서
　　　무슨 밭을 매느냐 왜 그리도 묻나

아리랑은 솔직한 사랑의 표출이다. 진달래가 꽃망울을 터뜨릴 무렵 사랑도 꽃피우기 시작한다. 봄처녀와 총각이 만나는 것은 새로운 삶의 시작이다. 봄이 되면 생명을 가진 모든 것들은 제 모습을 찾아간다. 만물이 약동하는 봄날에 남녀의 가슴속에 싹트는 사랑은 씨앗이라는 새 생명체를 낳는 일이다. 건강한 남녀의 만남과 사랑은 이처럼 자연계의 순환논리와 맥을 같이 하는 것이다.

 아우라지 뱃사공아 배 좀 건네주게
 싸리골 올동박이 다 떨어진다

 떨어진 동박은 낙엽에나 쌓이지
 잠시잠깐 님그리워 나는 못살겠네

봄철 노란 올동박꽃이 필 때쯤이면 남녀간의 사랑도 피어난다. 사랑이 무르익으면 그리움 또한 물 불어나듯 더해진다. 이 노래는 정선군 북면 여량리의 처녀와 유천리 총각의 안타까운 사랑이야기다. 간밤에 비가 내려 불어난 물로 강을 건너지 못하는 처녀 총각의 그리움은 양수와 음수가 어우러지는 아우라지에서 하나 되어 흘러간다.

건강한 남녀의 만남과 사랑은 이처럼 자연계의 순환논리와 맥을 같이 한다. 음양논리는 바로 조화로운 성을 전제로 하고 있다. 그러나 엄격하게 제도화된 사회의 성문화속에서 오는 성의 부조화와 불균형은 예나 지금이나 크게 다르지 않았던 것 같다. 정선아리랑에서의 사랑은 이 무렵이면 은근한 사랑을 뛰어 넘어 적극성을 띠게 된다.

> 수수밭 삼밭을 다 지내놓고서
> 빤빤한 잔디밭에서 왜 이렇게 졸라
>
> 날 따라오게 날 따라오게 날 따라오게
> 잔솔밭 중허리로 날 따라오게
>
> 처녀 총각이 삼밭에 드니
> 깔깔이 살렁이 굿거리장단을 치네

사랑이 자유스럽고 거리낌 없는 환경에서 이루어지지 않다 보니 남의 눈을 피할 수 있는 수수밭이나 삼밭, 잔솔밭은 성적쾌락의 공간이었다. 한국 소설에 등장하는 방앗간이나 뽕나무밭과 마찬가지로 은밀한 장소가 공간화 했던 사회는 분명 건강치 못한 성문화가 존재했다는 증거이기도 하다. 이러한 노래는 남녀의 시각에서, 제삼자의 시각에서 표현되어 불리곤 했다.

처녀총각의 은은하지만 은밀한 사랑은 절정에 이르러 혼인으로 이어지고, 시대의 어려움과 생활고에서 오는 어려움과 애환 갈등 대립을 사랑과 그리움으로 삭이며 살았다.

그러나 사랑은 신세타령이나 팔자한탄으로 이어지고 종종 노골적인 묘사로 이어지기도 한다.

정선읍내야 백모래 자락에 비오나 마나
어린 가장 품안에 잠자나 마나

정선읍내 물레방아는 물살을 안고 도는데
우리집에 저 멍텅구리는 낮잠만 자네

앞산에 딱따구리는 생나무 구녕도 뚫는데
우리집에 저 멍텅구리는 뚫어진 구녕도 못뚫네

'딱따구리'와 대칭을 이루는 '멍텅구리'는 성적 무능력에 빠진 남편이다. 조혼의 풍습으로 인해 나이 어린 철부지 신랑이 사랑이고 뭐고 모르던 시절 사랑의 한이 가슴을 저리게 한 노래이기도 하다. 그러나 이러한 한은 신세타령으로만 머물지 않고 두 줄 대구對句의 짝맞추기를 통해 지나치리만큼 직선적이고 노골적인 표출로 승화하는 모습을 띠고 있다.

애끓게 하던 사랑이 식으면 짜릿한 자유연애를 넘어 위험천만한 외도로 이어지기도 한다.

정선읍내 일백오십호 몽땅 잠드려놓고서
임호장네 맏며느리 데리고 성마령을 넘자

잘사는 시집사리를 못살게 해놓고
뒷감당 못할 그대가 왜 날 가자고 하나

울타리 밑에다 성황당을 뭏고
본가장 죽으라고 백일기도 드리네

　서로의 격에 맞지 않는 불륜은 이미 오래 전부터 암
암리에 저질러져 왔다. 나물 캐러 산에 가서든지 물레
방앗간에 가 성애를 취하기도 한 모양이다.
　정선 사람들이 잠든 사이에 몰래 임호장네 맏며느리
데리고 성마령을 넘어가거나 여자가 바람난 풍습은
불륜을 의미할 뿐 아니라 이미 개가를 허용하는 암묵
적인 표현이기도 하다. 여기에서 도를 지나치면 본가
장인 남편의 죽음을 갈구하기도 한다. 갈 데까지 간 빗
나간 사랑은 분명 섬뜩해야 하는데 느낌은 그렇지가
않다. 본남편을 두고, 본부인을 두고 벌어지는 빗나간
애정의 행각은 단지 사랑의 애끓음을 표현 한 것 뿐이
다.
　정선아리랑에서의 노골적인 사랑의 표현은 외설적
이고 퇴폐적이기보다는 낙천적이거나 유희적 기능이
대부분이다. 체념의 하소연, 지독한 악담과 욕, 구시

렁거리는 모습은 불만이라고 하기보다는 익살떨기의
넉살부림이요 웃기자는 것이었다.

> 담뱃불이 반짝반짝 님 오시는가 했더니
> 저 몹쓸놈의 반딧불이 날 또 속이네
>
> 우리집에 서방님은 잘났던지 못났던지
> 얽어매고 찍어매고 장치다리 곰배팔이
> 노가지나무 지게위에 옆전석냥 걸머지고
> 강릉 삼척에 소금 사러 가셨는데
> 백복령 굽이굽이 부디 잘다녀 오세요

　정선아리랑에는 사랑과 기다림이 있다. 반딧불이의
반짝임을 담배를 뻐끔대며 동구밭길을 지나 돌아오던
모습의 남편으로 착각하고, 백복령 아흔아홉 굽이 먼
길을 떠나는 남편을 배웅하는 모습 속에 그리움이 사
무친 사랑이 있다.
　정선아리랑에는 처녀 총각의 사랑에서부터 부부간
의 사랑이 담겨 있다. 짝사랑에서부터 외기러기 사랑
이 있고, 한눈을 파는 사랑도 넘쳐난다.
　정선아리랑 가사에서 드러나는 사랑은 소극적인 모
습으로 일관하거나 비애와 염세로만 흐르지 않고 해
학으로 승화해 삶에 대한 여유를 갖는 노래들이다.

2) 향락과 풍류가 뛰어난 소리

유희는 특별한 목적의식 없이 그것 자체로서 흥미를 느끼는 활동이다. 말하자면 놀면서 즐기는 행위를 말한다. 일이 힘들고 고된 농경사회에서 유희 그 자체를 노동과 대립되는 '놀이'로 간주해 불건전한 것으로 여기기도 했다.

국문학자 조윤제(趙潤濟.1904~1976)는 체념적인 또는 낙천적인 운명관에서 비롯된 민족성을 '두어라와 노세'로 정의하기도 했다. 독일의 시인이자 극작가인 쉴러(Friedrich von Schiller.1759~1805) "인간은 노는 것을 즐기고 있을 때만이 완전한 인간이다"라고 하였다. 굳이 그의 표현이 아니더라도 유희는 인간 활동에서 커다란 부분을 차지하며, 인간의 가장 기본적 요소의 하나로 자리하고 있다.

이러한 멋이 생활에서 유흥민요로 드러났으며, 정선아리랑에서는 유희와 풍류를 주제로 한 가사에 나타나게 되었다.

유희를 담은 소리는 곤궁한 생활 속에서도 다양한 모습으로 삶을 이끌어 가는 도구가 되었다. 척박한 환경과 경제적으로 넉넉하지 못한 산골 생활로 인해 유흥민요가 그다지 필요하지 않을 것 같지만, 모든 것을 운명에 맡겨 두고 순간적이나마 인생을 향락함으로써 모든 괴로움을 잊어버리자는 '노세'의 기분은 정선아리랑에 농후하게 나타나 사랑노래 다음으로 많은 비

중을 차지하고 있다.

유희를 주제로 한 정선아리랑은 가족이나 이웃, 친지 중심으로 이루어져 소박한 모습을 띠면서 생활 속의 즐거움을 창출해 냈다.

놉시다 노잔다 젊고 젊어 놉시다
나이많고 병이들면은 못노리로다

우리가 살면은 한오백년을 사나
사러 생전에 술담배 먹구 놀다가 죽자

인생이 일장춘몽인데
아니놀고서 무엇하나

지불명령에 강제집행은 다달이 맞드래도
술상머리 씨는 금전을 아끼지를 맙시다

사극다리를 똑똑 꺼어서 군불을 때고서
중방밑이 노릇노릇토록 놀다가 가세

노다가 주거져도 지아니 원통타는데
사시장철 일하다 죽으니 얼마나 원통한가

"내일 죽을 터이니 먹고 마시고 즐기자"는 노래는

쾌락주의를 추구한다고 하기보다는 현실의 도피이기도 하다. '나이 들고 병이 들면 못 노니 살아생전 술, 담배 먹고 놀다가 죽자'는 내용은 사실사철 일하다 죽어야 한다는 고달픈 산골 살이의 지리적·사회적 환경과 미래에 대한 절망에서 비롯되기도 한다. 하루 하루가 고되고 버거운 삶에서 벗어나고픈 신세타령이기도 하고 내일의 노동을 위한 휴식이기도 했다. 이것은 옛날부터 '노랫가락'으로도 불러왔던 '노세노세 인생'이다. "노세노세 젊어서 놀아 늙어지면 못노나니" 이래놓고는 "얼씨구 절씨구 차차차"라고 하는 토로다.

그러나 노는 것만을 추구하는 유희적 인생은 일종의 데카당스(Decadence : 퇴폐주의)로 비쳐질 수도 있다. 현실에 절망하고 구원책이 없을 때 생기는 기분이다. 이 기분은 도피와 향락, 흥을 추구하는 생활의 모습으로 떼꾼들의 아리랑에 농후하게 나타나기도 한다.

　　때리고 부수고 놀기좋기는 술상머리가 좋고요
　　안고지고 놀기좋기는 큰애기 방이로다

　　술으는 술이술술 잘도넘어가는데
　　찬물에 냉수는 중치에 미인다

　　황새여울 된꼬가리 떼를 지어 놓았네
　　만지산 전산옥이야 술판차려 놓게

제남문 제적은 앞사공이 하고요
　　　아가씨 중등 제작은 거 누가 하나

　옛날 정선에서 영월까지의 물길은 곳곳에 위험한 곳이 많아 떼꾼들이 목숨을 잃는 경우가 많았다. 특히 동강 물길의 된꼬까리에서는 떼가 파손되어 여러 떼꾼들이 목숨을 잃었고, 영월 삼옥의 제남문에서는 벽에 부딪쳐 목숨을 잃는 경우가 허다했다. 한해에도 서너 명이 급류에 휘말려 목숨을 잃다보니 떼를 타는 일이 큰돈을 벌지만 언제 죽을지 모르는 일이었다. 언제 죽을지 모르는 떼꾼들은 내일을 기약할 수 없기에 오늘 실컷 즐기자는 기분이 난봉기질과 어우러져 표출되기도 했다.
　그러나 절제가 없는 '노세노세'는 곧 한탄과 후회로 이어지고 만다.

　　　일년 열두달 품팔이 하여서
　　　고 몹쓸 화류계 여자에 다 주고 말았네

　　　돈쓰던 남아가 돈떨어지니
　　　구시월 막바지에 서리맞은 국화라

　　　금수강산이 그렇게두야 살기가 좋다더니
　　　돈씨다가 뚝떨어지니는 비렁뱅이로구나

147

본래 노세노세는 젊어서 놀자고 했지, 놀기만 하자는 뜻이 아니었다. 일년 열두달 번 돈을 술집에서 다 써버리고 난 처지는 서리맞은 국화처럼 남에게 돈이나 음식을 얻어먹고 사는 비렁뱅이 몰골이 되고 말았다. 이러한 상황 속에서 마음을 가다듬고자 하는 의지는 깨달음으로 이어진다.

> 눈물로 사귄 정은 오래도록 가지만
> 금전으로 사귄 정은 잠시잠깐이라네
>
> 금전을 주어도 세월을 못사나니
> 알뜰한 세월을 허송치 맙시다
>
> 먹고살 재산없다고 탄식을 말고서
> 힘대힘대로 일하여 오붓하게 삽시다

먹고 살 재산이 없어도 탄식을 않고 일하며 오붓하게 살아가는 삶은 풍류와 다름없다. 풍류는 유희를 바탕으로 한 멋이라고 할 수 있다. 풍류는 본래 성인군자들의 유풍遺風과 전통을 말하였으나, 점차 행위 그 자체를 즐기는 여유를 표현하는 말이 되었다.

고달픈 일상 생활 속에서도 마음의 여유를 잃지 않고 유희를 즐기되 조화와 분별을 통해 즐겁게 살아갈 줄 아는 삶의 지혜와 멋을 가리켜 풍류라 한다.

꼴 빌 총각은 꼴비러 가고
저녁할 여자는 저녁하러 가소

석새베 도랑치마를 입었을망정
낫자루 호미자루를 만년필로 쓰자

아우라지 강물이 소주약주만 같다면
오고 가는 친구가 모두 내 친굴세

　풍류 자체가 삶의 활기와 즐거움을 추구하는 것이고 지족상락知足常樂 하는 것이다. 아주 성글게 짠 곰방 적삼을 입고 농사를 짓는 현실을 비관하거나 좌절하지 않고 낫자루 호미자루를 만년필처럼 귀한 도구로 삼아 긍정적으로 살아가는 자세를 취했던 것이다. 이처럼 유희와 풍류를 주제로 한 아리랑에는 밭농사 등과 같은 일의 능률을 올리고 고됨을 덜기 위해 부르는 노래가 있는가 하면 도교사상의 영향으로 세속에서 벗어나 자연을 즐기는 자세와 허무사상으로 나타나는 특질을 보이기도 한다.
　정선아리랑에 드러나는 향락과 풍류는 모든 억압과 일의 고통에서 잠시나마 벗어나고파 인생을 즐기고자 하는 욕망이자 몸부림이라고 할 수 있다. 각박한 삶의 굴레에서 벗어나 잠시나마 마음의 여유를 느끼는 삶의 멋이라고 할 수 있다.

3) 소리로 달랜 시집살이의 설움

시집을 가서 잘 살기 위해서는 "벙어리 3년, 장님 3년, 귀머거리 3년"이라는 속담이 있다. 이 표현 속에는 봉건 사회의 대가족 제도에서 며느리가 겪어야 하는 고통과 한이 사실적으로 묘사되어 있다. 우리나라 여성들의 애환은 '시집살이'라는 말이 굳어진 점을 보아도 알 수 있다.

사람들은 모두가 행복하기 위해 혼인을 한다. 행복을 위해 이성을 선택하고 갖은 절차를 걸쳐 혼인을 했지만 애환은 여기에서부터 시작된다. 여성의 입장에서 보면 혼인은 곧 시집을 가는 것이다. 고대광실 집에서 남편과 단둘이 사는 것이 아니라 시가족의 울타리에 들어가 적응을 하고 사는 것이다. 며느리에게는 시집이 온통 낯선 곳이다. 시부모를 모시는 일에서부터 집안의 온갖 궂은일을 마다하지 않는다. 며느리는 매운 시집살이를 통해 어머니가 되고, 할머니가 되면서 그 자신이 걸어온 삶을 새로든 며느리에게 또다시 부채처럼 짐을 지워준다. 그리고 자신이 감내했던 것보다 더 매섭고 혹독한 시집살이를 시킴으로써 자신의 오랜 한을 풀기도 한다. 이러한 시집살이는 결국 개개의 가문에 하나의 동질성을 획득해 독특한 생활습관과 문화를 지니게 만들고, 공동체 의식을 가계家系의 고유 전통으로 뿌리내리게 한다.

정선아리랑에는 시집살이의 애환을 담고 있는 가사

가 30여 수에 이른다. 모두 다 시집살이의 아픔을 고발告發하는 의지가 강하게 드러나고 있다.

> 시집간지 삼일만에 부뚜막장단을 쳤더니
> 시어미 눈은 까재미눈이 된다네
>
> 호랑계모 어린 신랑 날 가라고 하네
> 삼베질쌈 못한다고 날 가라고 하네
>
> 숙암단임 봉두군이
> 세모재비 메밀쌀 사절치기 강낭밥
> 주먹같은 통로구에 오글박작 끓는데
> 시어머니 잔소리는 부싯돌치듯 하네
>
> 시어머니 잔소리는 설비상 같고
> 우리님 잔소리는 꿀맛같네

시집을 온 날과 다음날은 새색시로 대접을 받다가 삼일 째 되는 날부터 부엌일을 시작한다. 부엌의 구조나 조리기구 등등 시집이라는 새로운 공간은 낯설기만 하다. 혹간 실수라도 하면 층층시하(層層侍下:부모, 조부가 다 살아 있는 시하)의 모든 시집 식구들이 한마디씩 한다. 낯선 사람들과의 한 지붕 밑 공동살림은 순조로울 리 없다. 혼자 넋을 놓고 부뚜막을 두드리면 '까재미눈'을 한 시어머니의 부싯돌 치듯 한 잔소리와 구박뿐이다.

시어머니와 시누이, 시동생의 시집살이는 그렇다 치고 자기 편들어 주지 않는 남편의 무관심에 대한 원망과 한탄은 이 땅 여성들에게 유전처럼 짐 지워진 운명이었던 것이다. 며느리만이 겪어야 하는 애처로움이 거리낌 없이 드러나 호소력呼訴力을 가진다.

그러나 한스러운 시집살이에 대해 푸념만은 할 수 없는 일이었다. 삼종지법三宗之義가 엄격한 시대에 말대꾸 등과 같은 반항은 감히 생각할 수도 없는 노릇이었다. 한 번 시집온 이상 다시는 친정으로 돌아가지 못하는 것이 여인의 신세였다. 시집살이의 불만은 미운 시어머니에 대한 소극적 항변으로 거리낌 없이 드러난다.

> 시집온지 사흘만에 바가지장단을 쳤더니
> 시아버지 나오시더니 엉덩이춤만 추네
>
> 아리아리랑 아리아리랑 아라리가 났구요
> 시어머니 마빡엔 소박장단이 났어요
>
> 아이고야 어머니 큰일이 났소
> 조기를 씻는다는게 신짝을 씻었네

"며느리 사랑은 시아버지'란 속담이 있다. 시집 온 지 삼일 째 되는 날 부뚜막 장단에 가자미눈이 되었던 시어머니와는 달리 다음날 엉덩이춤을 추는 시아버지의 모습은 분명 대조를 이룬다. 며느리와 시어머니의 관계에 시아버지가 감싸주는 모습을 보여줌으로서 믿을 구석이 있다는 것을 드러내고 있다. 여기서 한술 더 떠 시아버지에게 소박맞을 장단이 났다고 약을 올리며 시어머니에 대한 미운 감정을 후련하게 배설했다. 며느리의 고군분투하는 모습은 마침내 신발을 조기로 잘못 알고 씻어놓고 오히려 큰일이 났다고 주요 갈등 대상인 시어머니에게 대놓고 외치는 해학에 이르기도 한다. 마치 도덕적 구속을 항거하는 모습으로까지 나타났다.

> 우리집 시어머니 염치도 좋다
> 저 잘난걸 나놓고 날 데려왔나
>
> 시에미 잡년아 잘난체 말아라
> 아들놈이 못나서 밤마실 돈다
>
> 우리댁의 시어머니는 정말 꾐주머니
> 잠자는척 하면서 생코만 곤다네
>
> 우리집 시어머니는 왜이렇게 약빨러

울타리밑의 개구영을 다틀어 막았네

시에미 잡년아 잠이나 깊이 들어라
아리랑 보따리 쓰리랑 따라서 난질을 가잔다

　며느리들은 시집살이의 억압된 심리를 표현하는데
는 적극성을 띄기도 한다. 아내의 괴로움을 몰라주는
남편에 대한 원망은 밤 마실로 이어지고 마침내 감히
상상도 못할 정을 통한 남자와 도망을 가는 '난질'로
표현된다. 시어머니는 잠자는 척 하거나 울타리 밑의
드나드는 구멍을 틀어 막아보지만 허사다. 며느리만
이 겪어야 하는 불행에 대한 항거가 거리낌없이 드러
나 호소呼訴 하는 데에 이른다.
　시집살이를 노래한 가사 속에는 종종 '잡년'이 등장
한다. 얼마나 시집살이가 견디기 어려웠으면 시어머
니를 '시에미 잡년'으로 지칭했을까. 시어머니를 '잡
년'에 비유하는 것은 노골적이지만 원망을 섞어 털어
놓는 익살에 속한다. 이렇게 해서라도 시어머니를 굴
복시키고 스트레스를 해소하고자 했던 것이다.
　우리 민요에서 시집살이를 다룬 노래들은 대개 시아
버지, 시어머니, 시누이를 주요 갈등 대상으로 삼지
만, 정선아리랑은 시어머니가 주 대상이다. 결국, 시
집살이의 끝은 시어머니가 세상을 떠나야 한다고 생
각했다.

앞으로 보니 옥이배기 뒤로 보니 반꼬두머리

번들 번들 숫돌이마 박죽 잘글 툭툭 차던 우
리 시어머니여

공동묘지 오시라고 호출장이 왔네

동네 어른들 들어 보세요

우리 시어머니 뒤로 보면 왕대골 앞으로 보면
숫돌님

고리눈은 전등팔옥이배기 주개택 자래목 등
곱새

배불래가 수중다리 밥자루 쥐고야 날 때리더
니

강림도령 모셔 가더니 지금도 소식이 없어요

그러나 세월은 붙들어낼 맬 수는 없는 법이다. 살아
생전 옥니박이, 반 곱슬머리, 숫돌이마, 주걱턱, 자라
목 등등으로 묘사된 시어머니도 결국은 세상을 떠나
기 마련이다. "공동묘지 오시라고 호출장이 왔네"라
는 대목에 이르러서는 웃어넘기지 않을 수가 없다.

며느리만이 겪어야 하는 불행에 대한 항거는 해학적
인 언어로 묘사되고 마침내 결말 부분에 이르러서는
미운 시어머니에 대한 연민이 지배한다.

시어머니 죽어지니 안방이 넓어 좋더니

보리방아 물줘보니 시어머니 생각이 나네

시아버지 죽으니 사랑넓어 좋더니
자리날 터지니 시아버지 생각이 나네

　시집살이에 그토록 한이 맺혔는데도 나이가 들어 보니 시어머니와 시아버지를 이해하게 된다. 보리방아에 물을 주면서, 자리를 맨 끈이 풀어진 것을 보면서 시어머니와 시아버지에 대한 회한에 젖고 연민에 젖어든다.

　시집살이를 주제로 한 정선아리랑 가사에는 문학적 진실성이 나타나 있다. 해학과 익살, 노골적인 묘사를 통해 나이가 들어서도 잊혀지지 않는 시집살이를 노래함으로써 응어리를 풀었던 것이다. 세상사를 이해하고 그토록 미워했던 시어머니를 이해하고 또 닮아가면서 말이다.

4) 덧없는 세월을 한탄함

　동서고금東西古今을 막론하고 오래 살고 싶어하는 인간의 욕망은 한결같다. 천하를 손에 넣은 진시황秦始皇도 천년 만년 영화를 누리고 싶어 동남동녀童男童女 3천 명을 동해의 삼신산(三神山:蓬萊山, 方丈山, 瀛洲山)에 보내 불로초不老草를 구하게 했지만, 실패하고 결국 환갑도 못 넘긴 50세의 나이에 죽고 말았다. 그 뒤 서한西漢의 한무제漢武帝도 만년晩年에 신선술神仙術에 미혹되어 국고를 탕진했지만 70세까지 사는 데 그쳤을 뿐이다.

불노장생不老長生하고픈 욕망은 비단 중국 뿐만 아니라 우리나라도 마찬가지다. 옛 사람들의 생활에서 보더라도 신분이 높고 낮음을 떠나 오래 살고싶은 욕망은 십장생을 통해 한결같이 표현되고 있다.

십장생十長生이란 세상에서 가장 오랜 산다는 10가지로, 장수의 상징인 해, 달, 구름, 물, 바위, 사슴, 거북이, 학, 소나무, 불로초 등을 말한다. 불로장생하고자 하는 인간의 소망을 그림으로 나타낸 것이다. 특히 19세기에 이르러서는 정초에 왕이 십장생도를 중신에게 선물했는가 하면 고종 때도 대왕대비를 위해 자경전 굴뚝 벽면에도 십장생을 새겨 넣었다. 불로장생하고자 하는 인간의 소망을 그림으로 나타낸 것이다. 왕실과 상류계층, 평민들의 생활 속에서 십장생은 병풍과 도자기의 주제로 쓰였으며, 이불에 수를 놓거나 장롱에 자개를 놓는데 문양으로 활용되었다.

이렇듯 천수를 누리고 싶은 욕망은 늙으면 죽는다는데 대한 한탄과도 같다. 생로병사는 자연의 이치임에도 세월이 가는 것을 원망하는 모습은 정선아리랑에도 나타난다.

산천에 초목은 나날이 젊어가는데

이팔청춘에 이내 몸들은 왜 늙어가나

세월 네월아 갈철 봄철아 오고가질 말어라
알뜰한 이내 청춘이 다 늙어를 간다

세월이 가기는 장여수 같고요
우리 인상은 늙어지기가 바람결겉네

길고도 긴 물길과도 같은 세월이지만 바람결 같이
늙어 호호백발이 되는 인생을 한탄하고 있다. 그러나
'불로불사'는 예로부터 인류의 이루어질 수 없는 염원
가운데 하나였다. 노화와 죽음의 운명을 피하고 극복
할 수 있었던 사람은 하나도 없었다. 늙지 않기 위해
가시荊로 성을 쌓고 애를 써 보아도 허사다.

백발이 오지야말라고 가시야성을 쌓더니
고몹씰 호호백발이 앞을 질러 왔구나

이 노래는 고려 후기 유학자인 우탁(禹倬. 1263~
1342)이 지은 것으로 알려져 있는 시조와 유사하다.

한 손에 가시荊를 들고 또 한 손에 막대 들고
늙는 길 가시로 막고 오는 백발 막대로 치려
하였더니

백발이 제 먼저 알고 지름길로 오더라

　탄로가 혹은 백발가로 이름할 수 있는 이 시조는 한결같이 늙음을 안타깝게 여기는 마음을 담아내고 있다. 늙음이란 누구에게나 찾아오는 것이지만 늙음에 대한 한탄은 젊은 시절의 행적이 평범하지 않거나 보통 사람보다 값있는 것일 때 더 큰 의의를 가지게 마련이다.

　늙어 가는 세월을 한탄해 부르는 정선아리랑은 내용상으로 보면 세월의 흐름을 한탄한 도교의 불로장생과 관련이 깊다.

　　백두환산에 신불노하니
　　몸은 늙을망정 맘은 아니 늙네

　　이팔청춘 소년들아 백발보고 웃지마라
　　백발이 되기가 잠간이로구나

　　태산이 높고 높아도 소나무 밑이요
　　여자 일색이 아무리 잘나도 삼십미만이로다

　'세월'과 '늙음'의 추상적 의미를 '백두환산白頭還山'과 '백발'의 구체적 이미지로 표현하여 형상화하였다. 머리가 허옇게 세어 늙어 죽을 때가 되었어도 마음은 늙지 않았다고 되뇌어 보지만 갱소년更少年 할 수는 없다. 이팔청춘 소년들과 일색이 고운 여자들을 향해 백발은 잠깐이라는 달관하는 자세를 보일 뿐이다. 늙음을 거부하고자 하나 그것이 어쩔 수 없는 자연의 섭리이며 순리임을 알게 된다.

    호박이 늙으면 단맛이나 나지
    사람은 늙어만진다면 단맛도 없네

    짐승의 괴물은 고슴도치 아닌가
    사람의 괴물은 늙은 영감일세

    고추밭으는 늙어갈수록 이쁘기만 한데
    우리네 인생은 늙을수록 추리하기만 하네

  결국 늙어 가는 것에 대한 자탄은 해학적이기는 하지만 자격지심으로 이어져 '단맛도 없는 호박덩어리'와 '사람의 괴물'로 받아들인다. 그리곤 늙어 가는 것에 대한 안타까움을 두 가지의 서로 상반된 교훈을 통해 드러내기도 한다.

    청춘도 늙기 쉽고 늙으면 죽기도 쉬운데
    호호백발 되기 전에 부지런히 일하세

젊은 시절을 허랑방탕하고 무절제하게 허송해서는 안 된다는 유교의 교훈적 의도를 드러내고 있다. 짧은 인생을 욕망에 따라 방종 속에 살기보다는 의미 있게 살아야함을 일깨워주는 백발가白髮歌의 교훈과도 같다. 이에 반해 젊었을 때 마음껏 먹고 놀고 즐기라는 의도를 담기도 한다.

> 백년을 살아야 삼만육천 날인데
> 그동안 사느라고서 고생고생 하느냐

> 인생이 일장춘몽인데
> 아니놀고서 무엇하나

통계청 자료를 보면 우리나라 국민의 평균수명은 세계에서 가장 빠르게 늘어나고 있다. 1960년 52.4세에서 1980년 65.8세, 2000년에 75.9세, 2009년에는 79.5세로 지난 40년 동안 27세 이상 증가한 것을 알 수 있다. 기원 전 인류의 평균수명은 18세 정도였으며 20세기 초반까지만 해도 미국인의 평균 수명은 49세에 불과 했다. 우리나라도 예전에는 60년을 살면 엄청난 장수라 하여 크게 환갑잔치를 치렀다. 인간의 수명이 해가 갈수록 늘어난다고 하지만 백년을 사는 것은 요원하다.

존비귀천尊卑貴賤을 막론하고 늙어 죽는 것은 당연하

다. 그러나 지나온 삶을 관조하는 태도는 어떠한 삶을 살았느냐에 따라 다르기 마련이다. 하루하루 살아가는 것이 녹록치 않은 사람들은 지배 체제의 유교적 규범보다 반봉건적 지향을 보이기 마련이다.

정선아리랑에 드러난 탄로嘆老 정서는 '백발'로 묘사된 덧없는 세월과 무상한 인생을 탄식하고 있다. 단지 죽을 날을 멀지 않은 백발白髮이 허연 노인네가 푸념으로 부르는 노래만은 아니다. 늙어 죽으면 되돌릴 수 없는 인생이기에 삶을 바라보는 진솔한 태도가 녹아 흐르고 있다.

5) 가난한 삶의 애환과 극복

가난은 누구에게나 불편하고 견디기 어려운 일이다. 이러한 가난을 극복하기 위해 부녀자들은 항상 부엌을 정결히 하였을 뿐만 아니라 조왕단지를 만들어 놓고 조왕신에게 집안의 부귀영화를 기원하곤 했다. 가난 극복이 우리 조상들의 간절한 소망이었던 만큼 가장 높고 넘기 힘든 고개를 보릿고개라고 했다. 가을걷이가 끝난 후 수확한 곡식으로는 겨울을 나기에도 버거웠다. 겨울이 지나 알곡이 나올 때까지는 먹을 양식이 없어 큰 어려움을 겪어야만 했기에 이때를 가리켜 춘궁기春窮期라고 했다. 먹을 양식이 없어 밀과 보리가 익기를 얼마나 애타게 기다렸는지 모른다. 견디다 못해 산나물을 뜯고 칡뿌리나 소나무 껍질로 허기진 배를 채워야만 했다.

춘궁기는 비단 정선사람들의 문제일 뿐만 아니라 전국적인 현상이었다. 일제강점기에만 해도 당시 우리나라 농민의 50%가 춘궁기에 초근목피로써 연명을 했다는 기록이 있다. 정선의 할머니 할아버지들조차도 3,40년 전에만 해도 봄이면 굶는 날이 허다했다고 한다. 지금 생각해서야 "굶기를 밥먹듯 했다"고 하겠지만, 가난은 주린 배를 움켜잡고 피해가기 어려운 고통이었다. 생동감이 넘쳐야할 계절인 봄을 견디는 일이 얼마나 힘에 부쳤으면 "봄 사돈은 꿈에 봐도 무섭다"고 했을까.

한치뒷산에 곤드레 딱주기 님의 맛만 같다면
올같은 흉년에도 봄살아 나지요

곤드레 만드레 쓰러진 골로
우리집 삼동세 봄나물 가세

곤드레와 딱주기는 정선의 대표적인 구황식이다. 먹을거리가 없던 시절 곤드레, 딱주기, 도토리, 쑥, 송피松皮 등과 같은 초근목피는 가난을 이겨 가는 음식이었다. 특히 고려 엉겅퀴라고 하는 곤드레는 정선의 대표적인 산나물로 온 산에 풍부했다. 질감이 부드러워 삶

아서 죽을 끓여 먹거나 감자를 으깨어 먹으면 포만감
도 느낄 수 있었다. 그러나 나물을 연일 계속해서 먹기
란 고된 일이다. 님의 맛만 같아도 봄을 버티고 살아난
다고 한 것도 이 때문이다.

　춘궁기를 이겨내려는 몸부림은 대부분 여성들의 몫
이었다. 가족들을 굶주리게 할 수 없기에 이른 아침부
터 산에 올라 나물이란 나물은 죄다 뜯어오지만 가난
을 피해가기란 고통스런 일이었다.

　　　밥달라고 야단치며 내가 울고 울어도
　　　꿰진자루 옆에낀 엄마 한숨만 품푹 쉐내

　　　춘추가 많아서 이내 몸이 늙었나
　　　곤궁한 살림살이에 모발이 다 세었네

　가난 속에 방치된 어린 아이는 부모의 마음을 알지
못한다. 한숨만 푹푹 쉬다보면 세월은 가고 늙어 가는
것이 옛날 우리네 어머니들의 삶이었다.

　정선의 많은 할아버지 할머니들은 어려서 젖동냥의
기억을 가지고 있다. 갓난아기의 먹을거리는 엄마 젖
이고 엄마 젖이 모자라면 젖이 많이 나오는 이웃 엄마
들에게 젖을 얻어서 먹이며 아이를 키웠다. 나이가 좀
들어서는 형편이 나은 집에 보내져서 그 곳에서 일을
하고 밥을 얻어먹으며 성장했던 기억을 간직하고 있

다. 가난 때문에 도저히 살아가기가 힘들어 강냉이죽도 대기가 어려운 형편에 입 하나라도 덜기 위한 고육책苦肉策이었다.

　나이가 들어 여자들이 혼인을 할 때가 되면, 제일 먼저 고려하는 것이 배고픔에서 벗어날 수 있는 곳이었다.

　　　정선이 좋다하여도 딸주지는 말아라
　　　강낭밥 사절치기에 어금니 다 빠졌구나

　　　영월 청천에 딸 주지 마세요
　　　담배 순 치느라고 생골머리 앓네

　정선 사람들은 척박한 땅과 한 평생을 보내야 했다. 논보다는 밭이 많은 까닭에 주식 대부분은 옥수수와 조, 보리 등과 같은 잡곡이었다. 영월 평창 정선으로 시집을 가야 다들 고만고만한 살림살이라 특별히 나아지는 것은 없었다. 시집을 가 강냉이를 맷돌에 타개서 지은 밥을 먹는 일과 잎담배 순을 치는 일은 가난의 굴레에서 벗어나지 못한 삶을 뜻한다. 결국 이를 악물고 살아온 만큼 가난을 극복하는 최선의 방법은 가난에 정면으로 맞닥뜨리는 것이었다. 행복이란 성실하게 노력하여 가난을 극복하고 자기 본분을 다하는 데서 얻어질 수 있는 것이다.

이밥에 고기반찬은 맛을몰라 못먹나
사절치기 강냉밥도 마음만 편하면 되잖소

가난으로 인한 한恨을 지니면서도 그것을 극복해 내
는 삶의 애환이 '이밥에 고기반찬'과 '사절치기 강냉
밥'의 대비를 통해 드러나 있다.

보릿고개를 겪던 시절에는 '이밥에 고깃국'을 먹어
보고 죽는 것은 우리나라 모든 어머니들의 소원이었
다. 이밥은 이李 씨의 밥이란 의미로 조선왕 조선시대
에 벼슬을 해야 비로소 이씨인 임금이 내리는 흰쌀밥
을 먹을 수 있다하여 쌀밥을 이밥이라 했다고 한다.

쌀은 보리, 콩, 조, 기장과 더불어 오곡伍穀 가운데
하나다. 그러나 이 가운데 한국인의 주식主食은 뭐니
뭐니 해도 쌀이라 하겠다. 그러기에 우리는 먹을 것의
대표적인 것으로 쌀을 든다. "쌀독에서 인심 난다"는
속담俗談이 그것이다.

우리나라 사람들에게 밥, 그 중에서도 쌀밥을 향한
절실함은 대단했었다. 멀리까지 거슬러 올라가지 않
아도, 마음 놓고 쌀밥을 먹을 수 있었던 것은 겨우 30
년 전쯤인 1970년대다. 조선조 말엽부터 일제강점
기, 8·15 광복과 6·25전쟁을 거치는 동안 나라는
피폐해 어렵던 시기이고, 경제개발에 가속이 붙었던
1960년대에도 쌀이 부족해, 매주 토요일을 분식의 날
로 정해놓고 분식을 장려하기도 했다.

아직도 이밥에 고깃국만 보면 어머니 생각에 목이 메고, 그 소원 못 들어드린 안타까움에 목이 멘다는 이들이 많다. 이밥에 고기반찬을 먹지 못해도 까칠까칠한 사절치기 강냉이밥에 만족하는 것은 가난을 극복하고 자기 본분을 다하는 삶이다.

> 　밥 한 남비를 달달복아서 간난이아버지 드리고
> 　간난이하고 나하고는 저녁굶어 자자

　가난은 극복해야 할 과제이지만, 행복이란 성실하게 노력하여 가난을 극복하고 자기 본분을 다하는 데서 얻어질 수 있는 것이다. 춘궁기에는 하루에 한 끼도 먹고 반 끼도 먹고 살아간다. 밥 한 냄비를 볶아 간난이 아버지를 드리고 저녁을 굶고 자자는 내용은 가난한 삶의 애환과 그 극복이 담겨있다. 안분지족安分知足하며 행복한 웃음을 짓고 사는 인간상으로 나타난다.
　위의 가사에서는 가난 속에서도 서로를 이해하면서 살아가고, 가난한 생활에서 오는 한을 사랑으로 극복하고 있음을 말해 준다. 벗어나기 어려운 가난이지만, 강냉이밥에 행복한 웃음을 짓고 가난으로 인한 고통 속에서 불현듯 느껴지는 마음의 평화를 누리는 것이다. 그러한 가운데 발견하는 것은 가난한 삶의 애환과 그 극복이다.
　풍요 속에서는 사람이 쉽게 타락하기 쉽다. 그러나

맑은 가난은 우리에게 건전한 정신을 지니게 한다.

정선아리랑에서 보여주는 가난은 오늘 물질적인 풍요 속에서 살아가는 우리에게 자신의 분수를 헤아리는 가난의 의미를 되돌아보게 하는 계기이기도 하다.

3. 발굴과 전승

1) 강원도무형문화재 1호로 지정

투박하고 애처롭게 두메산골 사람들의 삶을 담아내던 정선아리랑은 오랜 세월을 두고 자연스럽게 전국 방방곡곡으로 퍼져갔다. 산을 넘고 물길을 따라 곳곳으로 흘러가 그곳의 문화적인 특성이 더해져 또 다른 이름의 아리랑을 낳았다.

지금처럼 교통과 통신이 발달하지 못한 시대에 정선아리랑의 전파는 순전히 사람들의 입을 통해서였다. 출가해 정선을 떠난 남녀, 전국 곳곳을 유랑하던 소리꾼, 한강 물길로 서울을 오가던 떼꾼, 이곳저곳 장터를 돌아다니던 장돌뱅이 등등 사람의 이동은 정선아리랑을 자연스럽게 확산시키는데 큰 역할을 했다.

정선아리랑이 입에서 입으로 퍼져 가면서 가락과 가사는 조금씩 변하기 마련이었다. 그러면서 정선에서와는 다른 환경에서 살아가는 사람들의 입맛에 맞게

토착화했다.

　사실 가락과 가사가 정선아리랑과 같거나 닮은 소리는 수없이 많다. 강원도에만 해도 평창아리랑, 태백아라레이, 횡성어리 등이 정선아리랑과 대동소이하다. 남한강 물길의 단양 띠뱃노래, 경기도의 여주 아리랑, 경상도의 문경의 아리랑, 영해 별신굿아리랑, 구미아리랑 등이 정선아리랑과 유사하고, 멀리 중국 길림성의 아리랑련곡, 흑룡강성의 아리랑얼쑤 등의 가락이 정선아리랑을 빌렸다. 모두 아라리에서 비롯된 소리로, 이들 아리랑은 듣는 사람들의 입맛에 맞게 '어러리'가 되기도 하고 '아라레이'가 되었고, 그 앞에 지명이 붙어 독자적인 틀을 갖추고 나름의 이름을 갖고 있다.

　문헌 기록만을 놓고 살펴보면 정선아리랑이 세상에 구체적으로 알려지기 시작한 때는 1930년대 초반으로 거슬러 올라간다. 1930년『조선朝鮮』6월호에 김지연金志淵이 민요아리랑을 논하면서 다른 민요와 함께 정선아리랑 가사를 소개한 것이 현재까지 문헌으로 드러난 최초의 정선아리랑이다. 그 후 1933년 개벽사에서 나온『별건곤別乾坤』5월호에 차상찬車相瓚이 '정선구아리랑'이라는 이름으로 가사 6수를 소개했고, 이어 1937년『동아일보東亞日報』11월 21과 25일자에 '정선어러리'라는 제목으로 모두 19수가 소개되었다.

정선아리랑의 가치 발굴에 대한 정선에서의 노력은 오래전부터 비롯되었다. 6·25전쟁 이후 대한민국 전체가 어려운 삶을 살던 시기인 1955년 정선군에서 처음으로 정선아리랑 가사를 본격적으로 수집해『정선민요집』을 펴냈다. 정선에서 처음 나온 정선아리랑 가사집으로「정선아리랑」이라는 부제를 단 이 책은 정선군 산하 정선교육구(지금의 정선교육청)에서 편찬 발행했으며, 정선아리랑 가사를 연애편, 산수편, 계절편, 인생편, 망향편, 근면편으로 분류해 24수가 해설과 함께 실려 있다.

일찍이 정선아리랑의 가치를 깨닫고, 보전과 발전을 하고자 했던 노력은 1970년대 들어 빛을 보기 시작했다. 1963년부터 읍면별로 정선아리랑 경연대회를 열어 정선아리랑 소리꾼을 발굴하기 시작했다. 이렇게 발굴된 소리꾼들이 주축이 되어 1970년 10월 22일 광주에서 열린 전국민속경연대회에 최봉출, 나창주, 박사옥 등 12명의 토박이 소리꾼들이 강원도 대표로 참가해 민요부문에서 1등을 했다. 이를 계기로 정선아리랑의 가치와 중요성이 객관적으로 입증되었고, 동시에 문화재로 지정해 보존할 필요성을 인정받게 되었다.

마침내 1971년 11월 16일 민속경연대회에서 주축을 이루었던 최봉출, 나창주와 함께 당시 고등학생으로 참가했던 유영란이 정선아리랑 기능보유자로 지정

되었다. 그리고 같은 해 12월 16일에는 정선아리랑이 강원도무형문화재 제1호로 지정 받기에 이르렀다. 삶의 소리이자 사랑의 소리요, 희로애락을 담는 큰 그릇과 같은 정선아리랑은 팔도아리랑 가운데 도에서 지정한 유일한 문화재가 되면서 누구나 정선을 '아리랑의 고향'으로 인정하는 계기가 되었다.

1971년부터 1976년까지 전국 시군단위에서는 유일하게 정선군에서는 세 종류의 LP음반을 발행해 정선아리랑을 홍보했다. 이때부터 음반과 테이프, CD와 VCD 등을 지속적으로 만들어 전국 방방곡곡에 정선아리랑을 알리고 있다. 정선아리랑의 전승보전과 자긍심 고취라는 목적으로 지난 1976년부터 개최한 정선아리랑제도 어느덧 40년을 바라보고 있다. 정선아리랑에 대한 정선 사람들의 애정과 끈기로 인해 정선아리랑은 다른 어느 지역보다 일찍부터 탄탄하고 확고한 전승 기반을 다져온 것이다.

1991년에는 정선아리랑을 연구하는 민간단체인 정선아리랑연구소가 문을 열어 정선아리랑 가사 채록과 정선아리랑 자료 발굴, 기록화 작업을 시작했고, 1993년에는 정선아리랑학교가 개설되어 정선아리랑을 국내외에 알리기 시작했다. 특히 정선아리랑학교에서는 아시아와 아프리카, 유럽, 미주 등 전 세계 청소년들을 대상으로 하는 아리랑 프로그램을 개최해 정선아리랑의 맛과 멋을 세계 속에 심어가고 있다. 자연과 닮은 소리 정선아리랑을 통해 '가장 향토적인 것이 가장 세계적인 것'이라는 꿈을 이루어가고 있는 것이다. 이 무렵부터 일본 사이타마현의 호소다 고등학생들을 비롯한 많은 일본 고교생들이 해마다 국제체험학습지로 정선을 찾아와 정선아리랑을 배우고 있다.

1995년에는 정선아리랑전수회가 구성되어 기능보유자, 전수조교, 전수장학생과 60여명이 넘는 많은 전수생들이 조직적이고 활발한 전승활동을 펴고 있다. 정선 5일장이 전국으로 알려지면서 정선을 방문하는 많은 관광객들에게 즐거움을 주는 정선아리랑극과 공연도 이들의 몫이다.

2008년에는 정선아리랑을 체계적으로 육성하기 위한 전문적이고 독립적인 지원기구로서 정선아리랑문화재단이 설립되었으며, 2009년에는 정선아리랑의 전승보전과 창조적 계승을 목적으로 정선군입아리랑예술단이 설립되어 정선아리랑극과 공연 등의 활동을 하고 있다.

반세기 가까이 정선에서 정선아리랑 가사 수집과 자료 발굴을 통한 데이터베이스 구축, 소리꾼 계보 조사, 해외 정선아리랑 조사 연구지원, 전시와 공연 등을 통해 정선아리랑을 체계화 하고 온전한 전승을 위해 애쓰고 있다.

정선아리랑은 전문적인 소리꾼들만이 아니라 오늘

도 생활 곳곳에서 구전심수口傳心授로 살아 불리고 있
기 때문에 우리나라 아리랑의 보존과 전승의 이정표
이기도 하다.

* 진용선(시인. 민속학자. 정선아리랑 박물관 관장) 정선 태생. 인하대 독문학
과 석사졸업. 심상신인상 등단. 시집『아라리 정선 아라리』외『정선 아라리 가
사집』『정선 아리랑 기행』『정선민요집』

정선아라리의 자료

우리나라의 옛길들은 굽이굽이 물결쳤다. 강물 따라 길이 생기고 길 따라 사람들이 흘러가며 노래를 불렀다. 최근의 모습보다 옛길을 그대로 살려두었으면 하는 순례객의 아쉬움도 아우라지강에 담아놓았다

사무치게 슬프거나 경쾌하거나 인생을 담은 소리를 정선 사람들은 "아라리'라 불렀다. 이곳에서는 누구나 소리꾼이 되고, 뜻도 모른 채 노래를 부르며 자란다.

정선아라리 촌에서 만난 박지원의 양반전

해와 달이야 오늘 져도
내일이면 오련만
임자당신은 오늘 가면은
언제 오나

엮은이	신현림 시인. 사진가
	진용선 아리랑 관장님이 채록한 정선아라리를 토대로
	실었고, 해설은 길어도 소중한 자료라 그대로 묶었습니다.

한국 대표시 다시 찾기 101

정선 아라리

1판 2쇄 인쇄	2018년 2월 28일
1판 2쇄 발행	2018년 3월 2일
지은이	정선 아라리
펴낸이	신현림
펴낸곳	도서출판 사과꽃
	서울 종로구 옥인길74 (3—31)
이메일	abrosa@hanmail.net
전화	010—9900—4359
등록번호	101—91—32569
등록일	2012년 8월 27일
편집진행	사과꽃
표지 디자인	정재완
내지 디자인	강지우
인쇄	신도인쇄사

ISBN   979-11-88956-01-2 04810

979-11-962533-0-1 (세트) 04810

CIP2018002153

값 7,700원